회귀로 영웅독전

회귀로 영웅독점 9

초판 1쇄 인쇄일 2021년 07월 09일 | **초판 1쇄 발행일** 2021년 07월 14일

지은이 칼텍스 | **펴낸이** 곽동현 | **담당편집 팀장** 이범수
편집부 정요한 최훈영 조혜진

펴낸곳 (주)조은세상 | 출판등록 제2002-23호
주소 서울특별시 동작구 동작대로1길 27 5층
TEL 02)587-2966 | FAX 02)587-2922
E-mail bukdu@comics21c.co.kr

ISBN 979-11-6591-983-2 | ISBN 979-11-6591-494-3(set)
값 8,000원

칼텍스 퓨전 판타지 장편소설
회귀로 영웅독점
9
북두
(주)좋은세상

칼텍스 퓨전판타지 장편소설

FUSION FANTASY STORY

CONTENTS

Chapter 58.

Chapter 58.

지하 결투장에서 나온 나는 홀로 식당에 앉아 다음 일을 계획했다.

'쓰읍, 어떻게 하면 다시는 일어서지 못하게 한 방을 먹일까?'

어쭙잖게 일격을 날렸다가는 다시 지율이네 마을에 화풀이할 것이 뻔했기에 그럴 수는 없다.

김준성 같은 놈은 나쁜 의미로 패배를 모른다. 기회만 노리다 또 지율이네 가족들을 괴롭히겠지.

가장 비슷한 인물로는 김지환이 있다.

'그렇다고 죽일 수는 없는데.'

내가 김지환을 죽인 이유는 그가 유능했기 때문이다.

그는 무공 실력으로도, 정치적으로도 나름 우수하며 동시에 성도라는 거대 가문을 등에 업고 있었으니 말이다.

하지만 생각보다 그 후폭풍이 컸다.

'김희준이 가주가 되었지.'

이제 성도의 움직임을 예측할 수 없게 되었고 이는 큰 손해였다.

그러니 일단 김준성을 죽이는 건 보류.

지금으로서는 가장 하책(下策)이라고 볼 수 있다.

"지하 결투장, 은퇴 무사들, 도박……."

가능한 수를 한번 찾아보자.

도박장이라면 돈을 딸 수 있을 것이다.

만약 내가 도박장에서 돈을 따 그 돈으로 지율이의 계약을 해지한다면?

결과적으로는 돈 한 푼 들이지 않고 지율이를 빼낼 수 있다는 소리가 된다.

'그게 가장 좋겠지.'

돈으로 장난질을 쳤다면 나 역시 돈으로 장난질을 치면 된다.

'굳이 10만 냥일 필요가 있나? 100만 냥을 딸 수도 있지.'

슬쩍 둘러본 지하 결투장에는 상한선이라는 것이 존재하지 않았다.

다른 지역의 가주나 영주들이야 가벼운 마음으로 와 돈 몇 푼 쓰다 갈 뿐이고 도박 폐인들은 돈이 없으니 굳이 정하지 않은 것이다.

'그러니 막말로 이 도시를 살 수도 있겠지.'

어마어마한 돈을 걸어 이길 수만 있다면 태인을 먹어 버리는 것도 가능하다.

'하지만 조작이 들어가겠지.'

도박이라는 건 미리 돈을 걸고 나중에 승부를 보는 것이 대부분이다.

문제는 이 대결을 벌이는 무사들이 전부 태인 소유나 다름없다는 것이다.

배당금과 사람들이 건 금액에 계산을 때려 승패를 조작할 수 있다.

'큰돈을 걸면 무조건 내가 지는 쪽으로 조작하겠지.'

여긴 상대의 안방. 아무런 준비 없이 달려들었다가는 역으로 당할 것이 분명했다.

하지만 방법이 있을 것이다.

결투장에서 싸우고 있는 무사들은 대부분 마지못해 싸우고 있을 테고 이들 중 분명 내가 도울 수 있는 거물이 존재할 터.

'그러고 보니…….'

회귀 전, 나찰과의 전쟁을 벌일 당시 인력이 부족했던 왕가는 죄인들을 사면하면서까지 전투를 벌였다.

그중 지하 결투장 출신이 하나 있었다.

그것도 엄청난 거물이.

'권왕(拳王), 서진후.'

서진후는 천우진과 비슷한 세대의 사람이었다.

소문에 따르면 서진후는 역모를 꾀했다고 모함을 받았다고 한다. 역모라면 구족을 멸해야 하지만, 어찌 된 일인지 신유철 국왕 전하는 서진후를 이곳 태인의 전옥서(典獄署)로 보내는 것으로 마무리했다.

'아마 누명이라는 걸 아셨겠지.'

하지만 증거가 확실하고 또 반론의 여지가 없었기에 신하들의 요청대로 서진후를 벌할 수밖에 없었던 것이 아닐까?

실제로 서진후는 나찰과의 전쟁에서 크게 활약하며 권왕이라는 칭호도 받는다.

'이후의 행동을 보면 그가 진짜로 역모를 꾸몄다고는 볼 수 없다.'

만약 역모를 꾸몄었다면 전쟁에 자기 인생을 갈아 넣지 않고 다른 무언가를 계획했었을 것이니 말이다.

'실력 있는 사람이니 아마 꽤 유명할 거야.'

나는 일단 후암 지부부터 찾아보았다.

후암 지부는 식당, 주점, 민박 같은 여러 모습을 하고 있어 쉽게 찾을 수 없었다.

그러나 상징적인 문장을 어딘가에는 꼭 그려 놓기에 이 문장을 아는 사람이라면 누구나 후암 지부를 찾을 수 있었다.

태인의 경우에는 작은 식당이었다.

나는 식당 주인에게 호패를 보여 주며 말했다.

"일을 부탁하고 싶습니다."

"안으로 들어오시죠."

아린이네 아버지 덕분에 어디서나 후암의 도움을 받을 수 있으니 이 얼마나 일이 쉬운가?

안으로 들어가자 사람 좋아 보이는 남자가 앉아 있었다.

"이서하 무사님, 처음 뵙겠습니다. 후암 태인 지부의 부장입니다. 어떤 일을 의뢰하고 싶어서 오셨습니까?"

"서진후라는 사람에 대해 알아보고 있습니다. 혹시 알고 계십니까?"

"물론이죠. 역모를 꾀하고도 살아남아 태인의 전옥서로 온 분 아닙니까? 가족들도 태인에서 살아가고 있죠."

"가족이 있습니까?"

"부인과 어린 아들 둘이 있습니다."

이거 굳이 나가서 정보를 수집할 필요도 없이 전부 답이 나온 것만 같다.

"역모를 꾀한 중범죄자가 수도의 전옥서가 아니라 태인의 전옥서로 온 이유는 아십니까?"

"당시 태인에 현 전옥서가 막 완공되었습니다. 가장 규모가 크고 또 간수가 많은 전옥서가 되었었죠. 신하들은 서진후가 위험인물인 만큼 태인 전옥서에서 특별 관리를 해야 한다고 말했고 그것을 승인한 것입니다."

"그게 다입니까?"

부장은 미소를 지었다.

"당연히 아니죠. 당시 태인의 가주가 서진후를 태인으로 데리고 오기 위해 돈을 좀 썼습니다."

일개 죄인을 데리고 오는 데 돈을 쓸 리는 없다.

역모죄를 꾸민 자를 자신의 영지로 데리고 오는 건 매우 부담스러운 일이니까.

막말로 그가 탈옥이라도 하는 날에는 그걸 어찌 책임질 것인가?

'한마디로 처음부터 지하 결투장의 유명인으로 사용할 생각이었겠지.'

현재 지하 결투장은 태인의 자금줄 중 하나다.

이렇게까지 키우는 데는 꽤 큰 노력이 들어갔을 터.

하지만 죄인이라는 이유로 결투장에서 싸울 리가 전혀 없다.

그렇다면 그가 싸우는 이유는 단 하나.

가족이다.

'가족도 태인에 산다고 했지.'

아마 결투장에서 싸우는 것으로 가족들을 지키고 있을 것이다.

'죄명이 죄명인 만큼 평범한 삶을 살지 못하고 있을 것이다.'

하지만 익명성을 보장해 준다면 평범하게 살 수 있겠지.

'이쪽을 파고드는 게 정답이겠네.'

나는 부장에게 말했다.

"서진후와 그의 가족들을 만나 볼 수 있을까요?"

"대놓고는 불가능하지만 후암에게 불가능한 것은 없죠. 자리를 준비하겠습니다."

"아, 그리고……."

나는 주변에서 종이를 가져와 편지를 적었다.

신유민 저하에게 보내는 것이었다.

"이런 일에는 권력도 필요하죠."

차근차근, 확실하게 김준성을 묻어 버릴 생각이다.

수도 천일.

서하의 서신을 받은 신유민은 바로 유현성을 만나 서진후에 관한 이야기를 시작했다.

"우리 사위가 또 이상한 일을 벌이고 있나 보군요."

유현성의 말에 신유민은 고개를 갸웃했다.

"사위라고요? 벌써 결혼을 시킨 겁니까?"

"아닙니다. 정확히 말하면 예비 사위라고 할 수 있죠."

"그럼 약혼한 겁니까?"

"약혼 예정인 예비 사위입니다. 하하하."

"……."

오랜만에 만난 후암의 단장은 전과 다른 사람이 되어 있었다. 예전에는 더 어둡고 진중한 사람 같았는데 말이다.

그러나 고무적인 것은 이 짧은 대화만으로도 후암의 단장이 서하와 자신의 편이라는 것을 알 수 있었다.

'어쨌든 믿을 수 있는 우리 편이구나.'

서하의 예비 장인이니 말이다.

유현성은 말을 이어 갔다.

"서하에게 이야기는 들었습니다. 저하는 어떻게 하실 생각입니까?"

"글쎄요. 지금까지 서하의 말은 전부 사실이었습니다. 서진후에게 죄가 없다고 한다면 죄가 없는 것이겠죠."

서하가 보낸 서신에는 이렇게 적혀 있었다.

서진후에 대한 누명을 벗겨 주고 우리의 사람으로 만들자는 것.

"하지만……."

"조심스러우시군요."

"그렇습니다."

역모죄로 처벌받은 사람을 위해 재조사를 진행한다? 그것도 10년도 넘은 사건이 아니던가? 괜히 건드렸다가 정치적으로 역풍을 맞을 수도 있었다.

그러나 유현성은 전혀 걱정 없다는 듯 말했다.

"단도직입적으로 말씀드리겠습니다. 서진후는 역모를 꾀

하지 않았습니다. 함정에 빠졌을 뿐이죠."

"그렇습니까?"

"그리 놀라지 않으시는군요?"

"서하의 말이 틀린 적이 있었습니까?"

"하긴, 아는 것이 많은 아이죠."

"다만 유 단장님이 그리 확실하게 말하는 걸 보면 증거가 있나 봅니다."

"원래부터 켕기는 점이 많은 사건이었습니다. 서진후는 국왕 전하께서 원정에서 돌아오시기 전에 역모죄로 잡혔습니다. 이미 모든 재판이 끝나 국왕 전하의 결단만 남은 상황이었죠."

"역모 같은 큰일을 전하께서 원정에 가 계신 동안 다 처리했다는 말입니까?"

유현성은 고개를 끄덕였다.

"이상하죠? 당연히 전하께서는 후암에 재조사를 명했으나 시간 내에 그의 무죄를 밝힐 수는 없었습니다. 반대로 그가 역모를 꾀했다는 증거는 차고 넘쳤죠."

"그런데 왜 전옥서에 가둔 것입니까? 역모죄는 극형에 처해야 하는 거 아닙니까?"

"놀아나는 걸 싫어하는 분 아니십니까? 자신이 없는 자리에서 신하들이 결정한 것을 그대로 따를 분이 아니시죠."

신유철 전하는 신하들이 독단으로 처리한 일을 곧이곧대로 받아들일 분이 아니었다.

“그리고 역모를 꾀한 증거들은 전부 조작 가능한 서신이나 증언이었습니다.”

“하지만 무죄를 증명할 방법이 없다고 들었습니다만.”

“지금까지는 그랬죠.”

유현성은 미소를 지었다.

“이번 서하의 요청으로 재조사를 시작해 그의 무죄를 증명할 증거들을 몇몇 찾아냈습니다.”

“용케도 찾으셨군요.”

“늙은이들은 기록을 쌓아 놓는 버릇이 있더군요. 서로의 멱살을 잡고 있을 생각이었는지는 몰라도 말입니다. 하지만 이것을 전부 밝힐 수는 없습니다. 당시 장군들이 꽤 많이 연루되어 있으니 말이죠. 신유민 저하도 수십의 적을 만들고 싶지는 않으실 거 아닙니까?”

유현성의 말대로 서진후의 무죄를 증명하기 위해서는 수많은 적을 만들어야만 한다.

하지만 신태민의 존재를 생각하면 쉽게 결정할 일이 아니었다.

신유민이 고민하자 유현성이 말을 이어 갔다.

“하지만 적을 만들지 않고도 서진후의 무죄를 증명하는 방법이 있습니다. 우리에게 칼이 있다는 것만 보여 주면 되죠. 원래 칼은 칼집에 있을 때 더 무서운 법. 친구가 될 수 없다면 부하로 만들어 버리면 됩니다.”

약점을 잡아 아무것도 못 하게 만들자는 말이다.

"이제 저하의 선택만이 남았습니다. 어떻게 하시겠습니까?"

신유민은 고심하다 말했다.

"지금 우리에게 필요한 건 실력 있는 무사입니다. 그 기회를 놓칠 수는 없죠."

"좋은 선택입니다. 그럼 진행하겠습니다."

그리고 그날 유현성은 모든 증거를 서하에게 전달했다.

지율이는 계속해서 연승을 이어 나갔다.

어제로 10연승을 달성했고 새로운 강자로 급부상하고 있었다.

역시 수련은 거짓말을 하지 않는다.

일부러 잔챙이를 붙여 주고 있는 느낌도 있었으나 무공의 무 자도 모르는 상인들이 눈치챌 정도는 아니었다.

'긍정적으로 보면 자신감을 좀 올려 주는 계기가 될 수도 있다.'

거기다 내 돈까지 불려 주고 있었으니 일석이조……가 아니라.

슬슬 진짜와 싸울 준비를 해야 할 것이다.

'서진후…….'

서진후는 내 예상대로 지하 결투장의 황제로 불리고 있었다.

지금까지의 전적은 113승 16패.

황제라고 불리기에는 좀 패가 많다고 볼 수도 있었으나 그것은 전부 조작된 것이었다.

'저 16패 모두 서진후가 일부러 진 거니까.'

적수가 없는 격투가는 돈벌이가 되지 않는다.

태인은 새로운 무사를 키운 뒤 서진후와 붙였고 큰돈을 벌기 위해 배당에 따라 결과를 조작했다.

반반이라면 서진후가 날뛰게 놔두었고 만약 서진후에게 돈이 몰리면 승부를 조작한 것이었다.

'곧 지율이도 서진후와 싸우겠지.'

지율이는 새로운 인기 결투가가 되어 가고 있었다.

10연승을 달성하며 지율이를 따르는 이들이 생기기 시작했고 못 먹어도 주지율이라는 말이 유행할 정도였다.

태인 측에서도 준비가 되었다고 판단할 것이니 곧 경기가 잡히겠지.

그러니 그 전에 서진후를 내 편으로 만들어야 한다.

그렇게 경기를 지켜볼 때 내 뒤로 한 남자가 걸어와 앉았다.

후암의 부장이었다.

"도련님 예상대로 일주일 뒤 주지율 무사님과 서진후 무사님의 경기가 예정되어 있습니다. 큰손들에게 홍보하고 있더군요."

"일주일입니까? 준비는 되었습니까?"

"서진후 씨의 가족들은 찾아 놓았습니다. 경기 당일 청신으로 모시고 갈 예정입니다."

서진후의 부인이 현명하다면 남편을 위해 청신으로 도망칠 것이다.

"무죄를 입증할 증거는?"

"어느 정도는 확보된 상황입니다. 여기."

난 후암의 부장에게서 서류를 건네받아 확인했다.

안에는 서진후에게 누명을 씌운 자들이 주고받은 서신들이 들어 있었다.

그리고 그 가운데에는 내가 원하던 서신도 몇 장 발견되었다.

"이거면 충분하겠네요."

나는 품속에 서신을 넣으며 말했다.

"면회는 언제로 잡혔습니까?"

전옥서에 있는 서진후를 만날 방법은 면회하는 것뿐이다.

그러나 정상적인 방법으로는 면회할 수 없다.

대역죄인을 면회하는 건 특별한 사유가 없는 이상 불가능했으며 또 내가 정식적으로 면회 신청을 한다면 그 소식이 김준성의 귀로도 들어갈 테니 말이다.

하지만 후암이라면 이런 상황에서도 방법을 찾아낼 수 있을 것이다.

"일각 정도 시간을 비워 만나실 수 있게 조치해 놓았습니다.

시간이 되면 모시러 오겠습니다."

역시.

믿고 있었다고!

"감사합니다. 기다리고 있죠."

그렇게 야심한 밤.

나는 후암의 부장과 함께 복면을 쓰고 전옥서에 침입했다.

"간수는 미리 매수해 두었습니다. 하지만 일각 정도만 자리를 비켜 준다고 했으니 빠르게 끝내셔야 합니다."

"알겠습니다."

서진후의 독방은 일반 감옥과는 거리가 있는 곳이었다.

앞을 지키고 있던 간수는 나를 힐끗 보고는 고개를 끄덕이며 자리를 비켜 주었다.

독방 안에 누워 있던 서진후는 힐끗 나를 보고는 그저 몸을 돌이켜 누울 뿐이었다.

이제 일각 안에 저 남자를 설득해야만 한다.

나는 독방 앞에 앉아 입을 열었다.

"서진후 무사님입니까?"

들은 척도 하지 않는다.

그렇다면 들을 수밖에 없게 만들어야 한다.

"누명을 풀어 드리러 왔습니다."

"뭐?"

서진후가 처음으로 반응했다.

철창 앞으로 걸어 나온 서진후는 마치 호랑이와 같은 모습이었다. 장발의 산발 머리, 거대한 체구에서 나오는 위압감, 지금 당장이라도 누군가를 죽일 것만 같은 살기까지.

하지만 난 누구 앞에서 쫄 만한 인물은 아니다.

갑자기 오줌이 좀 마렵지만 아마 물을 많이 마셔서 그런 것이겠지.

"지금 후암이 서진후 씨의 사건을 다시 조사 중입니다. 곧 누명을 쓰신 것이 입증되면 복귀하실 수 있을 겁니다."

그 순간이었다.

서진후가 철창을 잡아 휘어 버린 뒤 밖으로 나왔다.

엄마야. 저거 뭐야?

고수는 철창 정도야 그냥 열고 나올 수 있다고는 하지만 진짜로 나올 줄이야.

나는 침은 삼킨 뒤 서진후를 마주 보았다.

"복면 아래를 볼 수 있을까?"

"물론입니다."

거리낄 것이 없으니 보여 줘도 상관없다.

"이름은?"

"청신의 이서하입니다."

"청신의 이서하."

서진후는 간수가 사용하던 의자에 앉으며 말했다.

"헛된 희망은 사람을 피폐하게 만들지. 만약 헛소리나 지껄이러 온 것이라면 지금 돌아가라."

"헛소리인지 아닌지는 이걸 보고 결정해 주십시오."

서진후를 설득하는 건 그리 어려운 일이 아니다.

무죄를 입증할 수 있는 증거를 찾았다는 것만 보여 준다면 그는 나의 말을 따를 수밖에 없으리라.

'두 아들을 생각한다면 꼭 이번 기회를 잡을 거야.'

두 아들 모두 그가 누명을 썼을 때 한두 살밖에 안 된 어린 아이들이었다. 평범한 상황이었다면 아버지의 뒤를 이어 무사가 되겠다며 수련하고 있을 테지만 대역죄인의 아이들은 하급 무사조차 될 수 없다.

만약 서진후가 가족을 생각한다면 내 제안을 받아들일 것이다.

자신에게 누명을 씌운 자들이 서로 주고받은 서신을 읽던 서진후는 손에 힘을 주며 나를 올려 보았다.

"……이게 진짜 그들이 주고받은 서신이냐?"

"네, 그리고 구기지 마세요. 중요한 증거품이니까."

나는 재빨리 서신을 돌려받아 품속에 넣었다.

이거 찢어지면 끝장이다.

그래도 힘 조절을 할 줄 아는 양반이라 다행이다.

서진후는 작게 심호흡을 했다.

10년이 넘는 세월을 갇혀 구경거리가 된 그였다. 누명을 벗을 수만 있다면 그의 인생은 물론 가족들의 인생까지 달라질 테니 흥분될 수밖에.

나는 이 기세를 몰아 본론으로 들어갔다.

"누명을 벗겨 드리는 대신이라고 하기는 뭐하지만 한 가지 부탁이 있습니다."

"부탁이라고?"

"네, 다음에 있을 주지율과의 경기에서 져 주시면 됩니다."

창이라도 들면 모를까 지율이가 서진후를 이길 가능성은 없다고 봐도 무방했다.

하지만 난 지율이에게 엄청난 돈을 걸 생각이었다.

이유는 간단하다.

지율이의 배당이 높아 더 크게 딸 수 있기 때문이다.

"그 말인즉 태인을 배신해라?"

"배신이라고 할 것까지 없지 않습니까? 태인이 무사님에게 뭔가를 해 준 것도 아닌데."

지금까지 서진후를 이용한 것이 바로 이 태인이다.

하지만 서진후는 내 예상과 달리 고개를 흔들었다.

"아니, 태인은 배신할 수 없다."

이건 또 뭔 개소리야?

"……그게 무슨 말입니까?"

"태인은 대역죄인이 된 나에게 일을 주고 내 가족들을 보살펴 준 은인이다."

이거 뭔가 크게 착각하고 있는 거 같은데.

나는 서진후에게 건네주었던 서신들을 다시 꺼내 살폈다.

가장 중요한 서신이 맨 뒤에 있었다.

"이걸 봐 주시죠."

난 멍하니 서신에서 눈을 못 떼는 서진후에게 말했다.

"생각이 바뀌셨습니까?"

"……."

그때 저 멀리서 간수가 돌아오는 것이 느껴졌다.

대답은 들은 것이나 다름없다.

"가족들은 제가 안전하게 보호할 생각이니 걱정하지 않으셔도 됩니다. 그리고 그 서신은 가지고 계십시오. 선물입니다."

나는 재빨리 지붕으로 사라졌고 이윽고 간수가 화들짝 놀라며 서진후를 향해 창을 세웠다.

"뭐, 뭐야! 탈옥이다! 탈옥!"

호들갑 떠는 간수와 달리 서진후는 독방으로 들어가 철창을 다시 원래대로 돌려놓을 뿐이었다.

"참 이상한 인간이야."

이제 준비는 끝났다.

나머지는 서진후가 당하고도 가만히 있는 겁쟁이가 아니길 바랄 뿐이었다.

◆ ◈ ◆

결전의 날.

지율이는 계속해서 연승을 이어 나갔고 공식적으로 경기가 잡히기 전에는 나름 결투장 강자라는 사람도 꺾었다고 한다.

그렇게 지율이를 향한 기대감이 날이 갈수록 올라가고 사람들은 간만의 큰 경기에 흥분한 듯 보였다.

"아무리 그래도 서진후 선인이 이길 수밖에 없지 않나?"

"에이, 감옥에서 십 년은 넘게 썩은 사람과 방금까지 전쟁터에 있던 젊은 무사를 비교하면 안 되지. 거기다 무과를 통과하고 1년도 안 되어 상급 무사가 되었다는 소리는 이미 선인급 실력을 갖추고 있다는 뜻이지."

안 그래도 인기가 많은 지하 결투장이 오늘은 가득 차고도 넘칠 것만 같았다.

그렇게 결투장 안으로 들어간 나는 좌석표를 구매했다.

원래는 들어오는 순서대로 알아서 앉으면 되지만 오늘은 자리를 사야만 앉을 수 있었다.

적당히 자리를 잡은 나는 바로 전표상으로 시선을 돌렸다. 전표상에는 줄이 길게 늘어서 있었고 위로는 배당률이 적혀 있었다.

오늘의 마지막 경기이자 가장 중요한 경기라고 할 수 있는 지율이와 서진후의 경기는 지율에게 20할, 서진후에겐 13할의 배당이 책정되어 있었다.

한마디로 지율이에게 10냥을 걸면 20냥으로 돌려주고 서진후에게 10냥을 걸면 13냥으로 돌려준다는 것이다.

물론 따면 이득금의 2할을 수수료로 내야 하지만 말이다.

'확실히 지율이가 더 높네.'

나는 다른 사람들의 반응을 보았다.

"서진후는 현역들한테 약한 모습을 보였어. 은퇴한 놈들한테나 압도적이지 현역은 못 이긴다니까."

"그래도 이제 약관인데. 이건 이기지 않을까?"

"몰라. 난 못 먹어도 가야겠어."

배당률이 더 높은 지율이에게 거는 쪽이 더 많은 분위기가 만들어지고 있었다.

모든 것이 순조롭구나.

그렇게 내가 결투장의 상황을 살피고 있을 때였다.

"역시 오셨네요?"

화려한 옷을 입은 김준성이 나에게 다가왔다.

꼴에 나름 태인의 주인이라고 손님맞이를 나온 모양이었다.

"미련이 남으셨습니까? 에이, 나 같으면 그냥 10만 냥 딱 내고 갈 텐데. 별로 큰돈도 아니지 않습니까?"

큰돈이 아니라고?

10만 냥이라는 돈은 나름 마을 하나를 가진 가문조차 평생 만져 볼까 말까 한 액수란 말이다.

입에 금수저를 물고 태어난 놈은 돈 버는 게 얼마나 힘든 일인지 알 수 없겠지. 쯧쯧.

어쨌거나 나는 이놈에게 10만 냥이라는 거금을 그냥 가져다 바칠 생각이 없다.

"기다려 봐. 오늘 크게 따서 데리고 갈 생각이니까."

"호오, 그렇습니까?"

김준성은 조소와 함께 나를 바라봤다.

안다.

도박으로 돈을 따서 무언가를 하겠다는 놈들치고 성공하는 놈 없다는 걸 말이다.

하지만 이건 도박이 아니다.

누가 승부 조작에 성공하느냐에 달린 일이지.

진인사대천명(盡人事待天命)이 아니라 진인사(盡人事)일 뿐이다.

인간이 길을 닦은 대로 결과가 나올 뿐.

하지만 일단은 멍청한 척 김준성이 원하는 대로 해 줄 생각이었다.

"하긴 지금까지 다 맞추셨죠? 지율 선배한테 걸어서."

"내가 무사들 실력 파악을 잘하거든. 다 기술이라는 거지."

"그럼 이번에도 지율 선배를 믿어 보는 건 어떻습니까? 지율 선배 실력은 선배님이 가장 잘 아실 테고. 한 5만 냥만 거셔서 10만 냥 딱 만들고 지율 선배 데리고 가시면 되겠네요."

"5만 냥?"

"왜요? 쫄리십니까?"

김준성은 나를 보며 키득거렸다.

"하긴, 아무리 청신이어도 개인이 5만 냥을 걸기는 좀 그렇죠. 배당률에도 나오듯이 지율 선배가 더 약하다고 평가받으니까요. 그렇다고 서진후한테 걸면 지율 선배가 너무 불쌍해지지 않겠습니까?"

말하는 꼴이 참으로 예쁜 후배다.

딱 봐도 김준성은 내가 지율이에게 걸기를 바라는 것만 같다.

내가 만약 큰돈을 걸면 서진후가 이기는 쪽으로 갈 생각이겠지.

지가 싫어하는 지율이에게 망신을 주면서도 내 돈까지 갈취할 수 있을 테니 말이다.

"안 그래도 지율이한테 걸 생각이야."

"역시 선배님. 의리가 있으시네. 얼마나 거실 생각이십니까? 해약금 내시려면 5만 냥 이상은 걸어야 할 텐데. 부담되면 조금만 거셔도 됩니다. 어쩔 수 없죠. 배포가 그것밖에 안 되는걸."

실실 웃는 얼굴.

저것도 일종의 도발이다.

어이가 없어서 웃음이 나왔지만 나는 최대한 사람 좋게 말했다.

"걱정하지 마라. 조금만 걸 생각은 없어."

"그럼요. 그럼요. 우리 선배가 얼마나 통이 크신 분인데.

이쪽으로 오시죠."

주지율은 귀빈 전용 전표상으로 향했다. 다른 전표상에 비해 줄이 짧아 금방 내 차례가 되었고 김준성은 전표를 받아 나에게 건네며 말했다.

"거는 법은 아시죠?"

돈을 거는 법은 간단하다.

가문, 이름, 그리고 원하는 액수를 적어 어음을 만든 뒤 호패와 함께 전표상에 건넨다.

그럼 전표상에서 태인의 도장이 찍힌 전표를 발행해 주는 것으로 끝.

가문의 이름까지 들어가기에 돈을 떼먹힐 일도, 떼 갈 일도 없는 것이다.

"그럼 얼마를 거시겠습니까?"

"내가 직접 쓰지."

나는 붓을 들어 숫자를 적기 시작했다.

일단 시작 숫자는 5(五).

김준성은 손뼉을 치며 말했다.

"역시 우리 선배님. 5만 냥 가시죠."

"무슨 소리야? 5만 냥이라니?"

어디서 내 배포를 네가 정하고 앉아 있냐?

나는 바로 그 옆에 백(百)을 적었다.

순간 김준성의 얼굴이 굳어졌고 나는 마지막 글자를 적었다.

만(萬).

500만 냥.

즉 내가 이기면 그때는 1,000만 냥으로 돌려받는 셈이었다. 이득금의 2할을 태인이 수수료로 가져간다고 하더라도 900만 냥.

김준성 따위가 감당할 수 있는 액수가 아니었다.

"지, 지금 진심이십니까?"

"그래, 진심이야."

나는 호패를 전표상에게 던졌다.

당황한 전표상이 김준성을 돌아봤다. 김준성은 당황한 듯 말을 더듬으며 말했다.

"혀, 현물로 지급하실 수 있는 금액이어야 합니다. 가능하시겠습니까?"

"가능하니까 걱정하지 마. 청신의 이름도 들어갔으니 못 받을 걱정도 없잖아? 안 그래?"

500만 냥은 은악에 있는 모든 보물을 전부 팔면 충분히 낼 수 있는 금액이다.

하지만 그런 걸 신경 쓸 필요는 없다.

어차피 내가 이길 테니까.

"아, 아무리 그래도 이런 터무니없는……."

역시 배포가 작은 놈이다.

뒤에서 조작도 하고 있으면서 왜 저렇게 겁먹는 건지 모르겠다.

이러다가 갑자기 상한선 만드는 거 아니야?

조금은 자극을 줘야 할 것만 같다.

"왜? 쫄리냐?"

자신이 했던 말을 그대로 돌려받은 김준성은 얼굴을 붉혔다.

자존심 빼면 시체인 녀석이다.

도발 한 번이면 녀석의 행동을 마음대로 조종할 수 있다는 뜻이지.

"좋습니다. 후회하지 마시죠."

"도, 도련님."

"빨리 전표 작성해서 드려라."

전표상은 울상을 짓고 전표를 작성해 나에게 건넸고 김준성은 긴장한 얼굴로 몸을 돌려 어디론가 향했다.

이제 결과를 기다리기만 할 뿐이다.

"으아아아아아!"

김준성은 서진후의 대기실로 향하다 있는 힘껏 벽을 걷어 찼다.

자기도 모르게 멍청한 표정을 지어 버렸다.

처음 이 일을 계획한 이유는 단순한 질투심 때문이었다.

보잘것없는 가문에서 태어나 성무학관에 입학하고, 거기에 뛰어난 성적으로 무과를 통과했으며 이서하를 만나 승승장구하는 주지율이 아니꼬웠다.

원래 사람은 자기보다 밑이라고 생각했던 사람이 올라오면 시기하기 마련이다.

그런데 일이 너무 커졌다.

500만 냥.

이서하가 그렇게까지 큰 액수를 적을지는 상상도 하지 못했다.

주지율이 도대체 뭐라고 고작 그놈을 위해 그런 위험을 무릅쓰는가?

혹여 만에 하나라도 이서하가 이긴다면 태인은 그에게 수수료를 제외한 900만 냥을 지급해야만 한다.

한마디로 태인은 경제적으로 청신에 복속된다는 것을 의미했다.

부담감에 토가 나올 것만 같다.

하지만 김준성은 긍정적으로 생각하기 시작했다.

"괜찮아. 괜찮아. 액수는 아무런 상관도 없어. 어차피 내가 이기는 싸움이야."

상한선을 만들지 않은 이유는 모든 승부를 태인이 조작할 수 있기 때문이었다.

거기에 2할 수수료까지 포함한다면 태인이 손해를 보는 일은 결코 일어날 수 없었다.

"멍청한 놈. 지가 분석할 때는 주지율이 이길 수 있다고 판단했겠지."

이서하 또한 태인에 머물며 서진후의 경기도 보았을 것이다.

실력 있는 무사이니 주지율과 서진후의 실력을 비교하고 결정을 내렸겠지.

하지만 서진후는 비등한 경기를 위해 자기 실력의 반도 내지 않는다.

너무 압도적이면 경기가 재미없어지니까.

거기에 이서하가 속아 넘어갔다고밖에는 생각할 수 없었다.

"오히려 기회야. 청신을 먹어 버릴 기회."

이번 기회에 이서하도 같이 무너트려 버리면 된다.

그렇게 서진후의 대기실에 도착한 김준성은 문을 박차며 외쳤다.

"서진후! 오늘은 꼭 이겨야 한다. 알았어?"

가만히 앉아 있던 서진후가 흥분한 김준성을 보고는 물었다.

"거금이 상대 쪽으로 몰렸습니까?"

"그래, 아주 심하게 몰렸지. 무려 500만 냥이다."

서진후는 말없이 헛웃음을 터트렸다.

밤에 찾아왔던 바로 그 청신 놈이 분명했다.

아무리 그래도 그런 미친 금액을 적을 줄이야.

끽해 봤자 몇만 냥 정도를 걸 거로 생각했는데 말이다.

"웃어? 지금 이게 장난으로 보이냐?"

김준성은 흥분한 듯 서진후의 바로 앞까지 걸어와 말했다.

"똑바로 해. 시작하자마자 이겨 버려도 전혀 상관하지 않겠어. 경기의 재미? 그런 건 신경도 쓰지 마. 상대를 죽여도 아무 상관하지 않겠다. 알았어?"

"제가 알아서 하겠습니다."

"알아서 한다고? 그러다가 만약에 지면 네 가족도 무사하지 못할 거야. 그건 알고 있겠지?"

"……그렇습니까?"

서진후는 자리에서 일어나며 김준성을 내려 보았다.

"걱정하지 마시죠. 경기 전에는 혼자 있고 싶으니 나가 주시겠습니까?"

"똑바로 해라."

김준성은 씩씩거리다가 대기실 밖으로 나갔다.

결전의 시간이 점점 다가오고 있었다.

◆ ◈ ◆

편안하게 앉아 있자.

모든 준비는 완벽하다.

설마 내가 준 서신을 보고도 서진후가 태인이 시키는 대로 할 리가 있을까?

전혀 걱정할 건 없다.

모든 건 내 손바닥 안에 있으니까.

난 이런 걸로 떨 정도로 담이 작은 사람이 아니다.

"도련님. 다리를 너무 떨고 계십니다. 제 의자까지 떨리네요."

"응? 아, 이거 버릇입니다. 버릇. 신경 쓰지 마세요."

"그리고 손톱도 없어지겠습니다. 설마 긴장하셨습니까?"

"긴장이요? 누가요? 전 태어나서 한 번도 긴장해 본 적이 없습니다."

"……."

"많이 티 납니까?"

"네."

누가 후암의 지부장 아니랄까 봐 쓸데없이 관찰력이 좋다.

그렇게 생각할 때 내 옆자리에 누군가 다가와 앉았다.

묘하게 지율이와 비슷한 생김새를 가진 중년의 남자. 그는 공허한 얼굴로 결투장을 내려 보고 있었다.

그때 옆에 있던 지부장이 나의 귀에 대고 속삭였다.

"주지율 무사님의 아버님이십니다."

"아! 그 풀려나셨다는……."

지율이네 아버지에 관한 소식은 후암을 통해 얼핏 들었다.

버릇 없게 가만히 있을 수는 없지.

나는 먼저 인사를 건넸다.

"지율이네 아버님 되십니까?"

"저를 아십니까?"

"지율이가 속한 광명대의 이서하라고 합니다."

내 소개가 끝나기가 무섭게 아버님이 자리에서 일어나 허리를 숙였다.

"아이고, 대장님. 몰라봬서 죄송합니다."

"아닙니다. 아버님. 친구인데요. 편하게 대해 주세요."

아버님으로서는 아들의 직속상관인 셈이니 어쩔 수 없다고는 하지만 너무 부담스럽다.

그렇게 다시 자리에 앉은 아버님은 작게 한숨을 내쉬며 말했다.

"지율이가 큰 실수를 범했습니다. 전부 제가 못나서 그런 것이니 너그럽게 용서해 주시면 감사하겠습니다."

"실수요?"

"말도 없이 부대를 나오지 않았습니까? 예의 없는 행동인 줄은 알고 있습니다만……."

"아닙니다. 상황을 전부 이해했거든요. 그래서 이번 경기가 끝나고 지율이를 다시 데리고 갈 생각입니다."

"다시 데려가시겠다고요? 그러려면 해약금이……."

"해약금이야 지율이가 벌어 주겠죠."

"네?"

그 순간 지율이와 서진후가 결투장 안으로 들어왔고 사람들이 환호하기 시작했다.

난 아버님을 돌아보며 말을 끝냈다.

"이번 판 지율이가 이길 거거든요."

이윽고 운명을 건 경기가 시작되었다.

징이 울리고 주지율과 서진후가 서로를 향해 돌격했다.

두 사람 모두 지하 결투장 기준으로 최상급 무사이기에 처음부터 치열한 공방이 오갔다.

주지율의 아버지 주철현은 아랫입술을 깨물며 아들의 경기를 바라봤다.

큰아들이 죽은 이후 작은아들을 원망하며 살아왔다.

그날 지율이가 집에서 나오지 않았다면 큰아들을 그렇게 보내지 않았을 테니까.

'그러지 말았어야 했는데…….'

어른답지 못했다고 생각한다.

하늘 같은 형을 잃은 아들이 더 힘들지 않았을까?

그렇게 서먹한 세월이 흘러 지율이는 어느새 자신의 형만큼 훌륭하게 성장해 성무학관에 입학했다.

그때가 돼서야 지율이가 노력한 흔적들이 보였다.

그 아이가 짊어지고 사는 삶이 보였다.

많은 지원을 받는 대가문의 아이들, 하나를 배우면 열을 깨우치는 천재들 사이에서 아들은 아무것도 없이 뒤처지지 않기 위해 달렸었다.

그리고 빛을 보나 싶었는데 다시 이런 바닥으로 끌려 내려왔다.

'다 내가 못난 탓이다.'

이제 하나뿐인 아들이 무너지고 있었음에도 주철현은 아무것도 할 수 없었다.

큰아들이 죽던 그날처럼.

"우와와와!"

"죽여 버려! 서진후!"

"지지 마라 꼬맹아. 너한테 전 재산 걸었다!"

아들의 얼굴에 주먹이 스칠 때마다 눈이 저절로 감기고 심장이 요동쳤다.

그러나 다른 이들에게는 흥분되는 구경거리일 뿐이었다.

그때 주지율을 응원하던 사람이 외쳤다.

"아! 병신아! 주먹 좀 날리라고!"

이 마지막 경기를 위해 지금까지 기다렸다고 해도 무방한 사람들. 이들의 흥분은 최고치에 달해 있었다.

아들에게 외치는 한 남자를 노려본 주철현은 주먹을 쥐었다.

저 경기장에 들어서는 순간 무사들은 인간이 아니라 투견이 된다.

이들 구경꾼에게는 무사들의 인격 따위 알 바가 아니었다.

그리고 그 순간.

서진후의 주먹이 주지율의 복부를 강타했다.

"우오오오오오오! 서진후!"

"믿고 있었다고! 지하의 왕!"

경기는 순식간에 서진후 쪽으로 기울었다.

주지율은 방어적으로 움직였고 서진후는 그때마다 그를 따라가 주먹을 꽂았다.

"후우."

주철현은 고개를 숙였다.

아들이 맞을 때마다 수명이 1년은 줄어드는 기분이었다.

그때 옆에 있던 남자가 말했다.

"그렇게 걱정하지 않으셔도 됩니다. 아직 정타를 먹은 적은 단 한 번도 없으니까요."

이서하.

주지율은 그를 귀인(貴人)이라고 불렀다.

자신의 인생에 가장 귀한 인연이라며 말이다.

그 말대로 이서하의 명성은 이곳 태인까지도 들려왔다.

철혈 이강진의 청신에서 나온 차기 무신 후보.

신유민 저하의 복심.

그렇게 큰 무사가 지율이를 위해 태인까지 몸소 왔다는 것만으로도 인생의 귀인이라는 아들의 말이 틀리지는 않았다는 확신이 들었다.

그렇게 생각하던 주철현은 문득 서하가 했던 말을 기억해내고 물었다.

"그런데 지율이가 돈을 벌어다 준다고 하시지 않으셨습니까? 돈을 거신 겁니까? 지율이한테."

"네, 많이 걸었습니다."

"……얼마나?"

"비밀인데, 아버님이니까 알려 드리죠."

이서하는 자신만만한 미소와 함께 주철현의 귀에 속삭였다.

"500만 냥 걸었습니다."

"……?"

주철현은 미친놈 보듯 이서하를 바라봤다.

아니, 실제로 미친놈이라고 생각했다.

하지만 이서하는 호탕하게 웃을 뿐이었다.

"하하하! 좀 큰돈이긴 하죠? 걱정하지 마세요. 지율이가 이길 테니까."

"도대체 뭘 믿고……?"

"당연히 지율이를 믿죠."

주철현은 울컥한 얼굴로 아들을 돌아봤다.

'아들아…….'

드디어 좋은 인연을 만났구나.

그리고 그 순간 첫 회의 끝을 알리는 꽹과리가 울렸다.

Chapter 59.

Chapter 59.

꽹과리 소리가 요란하게 울리면서 첫 회가 끝났다.

그 어떤 때보다 격렬한 경기였다.

'확실히 서진후가 더 강하네.'

그것만은 확실했다.

애초에 창잡이인 지율이와 권법가인 서진후의 실력에는 넘을 수 없는 차이가 있었다.

그러나 지율이는 잘하고 있었다.

언뜻 보기에는 서진후가 일방적으로 압도한 것만 같았으나 지율이는 그 어떤 타격도 입지 않았으니 말이다.

하지만 상인들 눈에는 그렇게 보이지 않은 모양이다.

"아, 졌네. 졌어. 서진후 오늘 완전 날아다니는 거 아니야?"

"저런 꼬맹이를 믿는 게 아니었는데."

1회가 끝나자 너도나도 경기를 분석하기 시작했다.

뭘 안다고 분석하는지는 모르겠지만 말이다.

확실히 분석의 요소가 있는 도박이 더 매력적이기는 하다. 자신의 분석력으로 승률을 올릴 수 있으리라 생각하니 말이다.

그때 김준성이 미소와 함께 나를 향해 다가왔다.

"즐겁게 보셨습니까? 선배."

저 자식.

아무래도 첫 회만 보고 승리를 장담한 모양이다.

상인들만 낚인 줄 알았는데 성무학관 생도라는 놈이 저 정도의 연기에 낚여서 좋아하는 꼴이라니.

"야, 너 아직도 수석이냐?"

"네? 당연한 걸 물어보시고 그러십니까?"

"아니야. 성무학관의 격이 떨어져도 이렇게 떨어질 수가 있나?"

언제 한번 후배들 전부 불러서 기강 좀 다져야겠다.

김준성은 내 중얼거림을 못 들었는지 말을 이어 갔다.

"그나저나 긴장 좀 하셔야겠습니다. 지율 선배가 맥을 못 추네요. 하긴 10년이 넘었다고는 하지만 서진후는 선인이었으니 좀 힘들긴 하죠."

김준성의 비아냥에 나는 지율이네 아버님을 바라봤다. 일어나 고개는 숙이고 계시지만 표정은 금방이라도 김준성을 죽여 버릴 것만 같다.

그제야 아버님을 발견한 김준성이 말했다.

"아, 영주님도 오셨습니까? 아이고, 우리 지율 선배가 좀 힘을 내야 할 텐데요."

기고만장해서 까불고 있다.

나는 그런 김준성에게 말했다.

"여기 옆에 앉아서 같이 볼래? 같이 보면 재밌을 거 같은데."

서진후가 지는 순간 이 녀석의 표정이 보고 싶었다.

"저야 바라던 바입니다."

김준성은 미소와 함께 내 옆자리의 사람에게 말했다.

"자리 좀 바꿔 주시겠습니까?"

내 옆자리엔 후암 지부장이 앉아 있었다.

안 바꿔 줄 이유가 없지.

옆에 앉은 김준성은 의기양양하게 말했다.

"속도면 속도, 팔 길이면 팔 길이, 뭐 하나 지율 선배가 앞서는 것이 없습니다. 현역이니 체력적으로는 조금 더 괜찮을 수도 있겠네요. 장기전으로 가면 그나마 승산이 있지 않을까요?"

나는 아는 척을 하는 김준성의 말을 한 귀로 듣고 흘리며 고개를 끄덕였다.

이윽고 2회가 시작되었다.

역시나 경기는 일방적이었다.

서진후가 공격하고 지율이가 피한다.

그럴수록 김준성은 더욱 흥분하기 시작했다.

"끝내 버려!"

김준성처럼 서진후에게 돈을 건 이들은 모두 미쳐 날뛰기 시작했고 반대로 지율에게 돈을 건 이들은 가만히 앉아 침묵하며 경기장을 내려다볼 뿐이었다.

김준성은 한참 서진후를 응원하다 나에게 말했다.

"계속 저렇게 맞다 보면 결국 방어가 뚫릴 텐데. 이거 안타까워서 어떡합니까? 현물은 있으시죠?"

"너 기분 좋아 보인다?"

"그러는 선배님은 기분이 별로 안 좋아 보이는데요?"

"지율이는 단 한 번도 정타를 허용하지 않았어. 네가 생각하는 것처럼 서진후가 이기고 있는 건 아니야."

"하하하, 그렇게 믿고 싶으시겠죠."

김준성은 낄낄거리다 말했다.

"우리 태인은 무슨 수를 써서라도 수금합니다. 신유민 저하도 이걸 무마시켜 줄 수는 없을 거예요. 아시죠?"

"너나 걱정해라. 나도 무조건 수금할 생각이니까."

"크크크, 그건 지율 선배가 이겼을 때의 이야기죠."

그때였다.

지율이를 구석에 몰아넣은 서진후가 무차별적으로 주먹을 날리기 시작했고 지율이는 몸을 웅크린 채 열심히 움직이며

피했다.

사방에서 환호성을 질렀고 김준성 또한 주먹을 불끈 쥐며 외쳤다.

"죽여 버려!"

그러나 그 순간이었다.

서진후가 오른손을 내려치는 순간 지율이가 몸을 비틀며 서진후의 턱에 주먹을 꽂았다.

퍽! 하는 소리와 함께 서진후의 머리카락이 흩날린다.

서진후는 그대로 앞으로 고꾸라졌고 지율이는 무릎으로 그의 안면을 찍었다.

그리고 그 순간 모두가 약속이라도 한 듯 침묵했다.

"하아, 하아."

지율이는 당황한 얼굴로 쓰러진 서진후와 심판을 번갈아 보았다.

하지만 당황한 건 심판도 만찬가지였다.

태인의 명령을 듣는 그 역시 서진후가 이길 거로 생각했을 테니 말이다.

심판이 결론을 내려 주지 않는다면 내가 내려 줘야겠다.

"주지율이 이겼다아아아아아!"

나의 외침을 시작으로 지율이에게 돈을 건 모든 이들이 벌떡 일어나 외쳤다.

"심판 이 새끼야! 뭐 해? 사람 죽일 거야!"

"빨리 끝내라고!"

우레와 같은 외침에 심판은 눈을 질끈 감고는 손을 들었고 경기가 끝났음을 알리는 꽹과리 소리가 울려 퍼졌다.

"우오오오오! 주지율! 사랑한다!"

"이겼다아아아아아!"

지율이에게 돈을 건 이들이 서로를 축하해 주고 있었고 서진후에게 돈을 건 이들은 모두 허리에 손을 올리고 착잡한 얼굴로 경기장을 내려 보았다.

"아이 씨, 다 날렸네."

"무슨 한 방에 가 버리냐?"

"아아아! 미친, 내가 다시 서진후한테 거나 봐라."

비교적 소액을 건 이들은 저렇게 말할 수 있다.

하지만 한 사람.

완전히 넋이 나간 이가 있었다.

"말도 안 돼. 뭐가 잘못……"

하루아침에 수수료 제외 900만 냥을 토해 내게 된 김준성이었다.

허무하겠지. 하지만 원래 모든 일의 결말은 그렇게 허무한 법이다.

난 김준성에게 어깨동무를 하며 말했다.

"내가 뭐라고 했냐? 서진후는 정타를 먹인 적이 없다니까. 이 전문가의 말을 들었어야지. 안 그래?"

김준성은 침을 삼키며 나를 돌아봤다.

900만 냥이라는 돈은 김준성이 어떻게 할 수 있는 금액이 아니다.

아니, 지금 당장 태인의 전 재산을 긁어모아도 900만 냥이라는 돈을 준비할 수는 없으리라.

"저기 선배, 그러니까 이게……."

"왜? 못 줘?"

"아니, 못 준다는 게 아니라요. 그러니까……."

"괜찮아, 괜찮아."

나는 전표를 흔들며 말했다.

"무슨 수를 써서라도 받아 줄 테니까. 기대하고 있으라고."

"……."

"그리고 일단 나한테 줘야 할 돈은 차차 얘기하기로 하자고. 저기 저 사람들도 정산해 줘야 할 거 아니야? 작은 것부터 처리하고 와."

김준성은 그제야 환호성을 지르는 사람들을 보다 눈을 질끈 감았다.

못 먹어도 주지율이라는 분위기 때문에 많은 이들이 지율에게 건 상황이었다.

저 사람들한테 돈을 다 주는 것도 쉬운 일은 아닐 거다. 요놈아.

"아, 그리고 지율이 해약금은 지금 결제할게. 알아서 빚에서 빼라."

"……."

"그럼 수고해."

난 김준성의 어깨를 토닥이고 아버님에게로 시선을 돌렸다.

지율이네 아버님도 상황을 받아들이지 못하고 멍하니 아들만 바라볼 뿐이었다.

"그럼 아버님 가시죠. 지율이 데리고 맛있는 거라도 먹죠. 제가 쏘겠습니다."

그렇게 아버님을 데리고 밖으로 나가는 순간 저 멀리서 김준성의 외침이 들렸다.

"으아아아아아아아!"

죽고 싶을 거다.

하루아침에 알거지가 되었으니까.

밖으로 나오자 김준성에게 자리를 양보했던 부장이 미소와 함께 말했다.

"일이 잘 풀렸군요. 도련님 덕분에 태인 지부 예산이 어마어마하게 늘어났습니다."

"단원들이 잘 활약해 준 덕분이죠."

지율이 쪽으로 분위기를 유도한 건 모두 후암 지부의 단원들이었다.

이왕 빨아먹는 거 부스러기 하나 남기지 않고 전부 가져가는 게 좋지 않겠는가?

그동안 많은 도움을 준 후암 사람들도 신경도 써 주고 말이다.

'생각지도 못한 돈이 생겨 버렸네. 아니, 도시가 생겨 버렸어.'

태인의 진정한 주인이 바뀌는 순간이었다.

식사가 끝나고 나는 지율이와 함께 아버님을 배웅했다. 두 부자의 대화는 거의 없었으나 그건 아마도 내가 중간에 껴 있었기 때문일 것이다.

그렇게 아버님을 보내고 숙소로 돌아가는 길에 지율이가 입을 열었다.

"미안해. 멍청하게 계약서도 안 읽어 보고 바로 서명해서."

"넌 그게 문제야. 왜 나한테 말을 안 했어?"

"10만 냥이나 빌려 달라고 할 수는 없었어."

고지식한 놈.

상혁이였으면 '10만 냥? 그거 우리 서하한테는 돈도 아니야. 내 줄 수 있지?'라고 했을 텐데 말이다.

"고지식하게 굴지 말고 서로서로 돕고 살자고."

"응, 그럴게. 하지만 갚을 거야. 그 10만 냥."

"그걸 왜 갚아? 네가 이겨서 그 이상으로 벌었으니 신경 쓰지 마."

"하지만 네 돈을 걸어서 딴 거잖아. 앞으로는 옆에서 무급으로 일해야겠어."

"내가 얼마나 땄는지 얘기해 주지 않았나? 900만 냥이야.

무려 900만 냥."

"하지만 네 돈이 들어간 사실은 변함없지. 돈이 많다고 해서 내가 안 갚아도 되는 건 아니잖아?"

고지식한 놈.

그냥 하고 싶은 대로 놔둬야겠다. 뭐하면 추가 수당을 왕창 줘서 빨리 갚을 수 있게 할 수 있을 것이다. 어차피 주는 놈 마음대로니까.

그렇게 걸어가고 있을 때 후암 지부장이 다가왔다.

"지부장님. 돈은 잘 받으셨습니까?"

"덕분에 잘 받았습니다. 그리고 김준성과 자리를 마련해 두었습니다."

"그래요, 그럼 다 같이 가죠."

김준성은 죽상이 되어 식당에 앉아 있었다.

모든 것을 잃은 느낌일 것이다.

아마 상인들과 후암 단원들에게 준 돈만으로도 잔고가 바닥이겠지. 엄청난 배당은 아니지만 그만큼 걸린 돈도 많았으니 말이다.

"그래도 빨리 정산하고 왔네."

김준성은 지율이를 노려보고는 한숨을 내쉬며 입을 열었다.

"……한 가지 부탁이 있습니다."

"그래, 말해 봐."

"900만 냥을 구하는 게 현실적으로 불가능하다는 걸 선배님도 알고 있을 거로 생각합니다. 그래서 할부는 어떻습니까?"

"어떻습니까? 부탁한다고 무릎이라도 꿇어야 하는 거 아니야?"

"……."

김준성은 이를 악물고 버텼다.

죽어도 무릎은 꿇기 싫다는 듯싶다.

반대 상황이 되었다면 더하고도 남았을 녀석이 피해자인 양 굴기는.

이거 아무래도 이 녀석에게 현실을 알려 줘야겠다.

"아직 너희 가주님은 이 사실을 모르지?"

"……!"

김준성은 불안한 듯 시선을 회피했다.

결투장은 김준성이 담당하고 있었다.

보통 큰 가문에서는 자식들이 어렸을 때부터 사람들과 시설을 관리하는 법을 가르치고 또 역량을 시험해 차기 가주를 선정한다.

이 결투장 관리도 일종의 시험이라고 할 수 있는 셈이다.

그리고 김준성은 그 중요한 시험에서 900만 냥이라는 손해를 본 것이다.

이것이 가주에게 알려지는 순간 김준성은 후계자 후보에서 떨어져 나갈 테니 어떻게 해서든 숨기고 싶겠지.

난 그 심리를 이용할 생각이다.

"어떻게 해야겠어? 준성아."

김준성은 바로 무릎을 꿇으며 말했다.

"부탁합니다. 제 선에서 해결할 수 있게 해 주세요."

"그래, 그렇게 나오니까 나도 막 자비를 베풀고 싶어지잖아. 원래 사람은 겸손해야 하는 법이야. 좋아 기분이다. 할부로 해."

김준성은 환하게 웃으며 말했다.

"그럼 매달 약 7만 4천 냥씩 10년간 보내 드리는 건 어떻습니까?"

합리적인 제안이었다.

김준성이 갚아야 하는 액수를 생각했을 때 10년은 그렇게 긴 시간이 아니다.

지율이 해약금을 제외한 890만 냥을 매년 89만 냥씩 갚는 꼴이니 말이다.

버는 돈은 족족 전부 나에게 보내야겠지.

그것만으로도 김준성은 10년간 나의 노예처럼 살아야 할 것이다.

하지만 난 10년짜리 노예를 바라는 것이 아니다.

100년짜리 노예를 바라고 있지.

"10년 괜찮네. 하지만 말이야. 이게 할부를 무이자로 해 주는 건 좀 그래."

김준성의 표정이 굳었다.

그래, 셈이 빠른 놈이면 이해를 하겠지.

"이자는 연 2할이다."

"2할이요?"

"1년에 178만 냥. 그러니까 한 달에 약 15만 냥이네. 원금까지 합쳐서 22만 5천 냥 딱 보내면 되겠다. 어때? 합리적이지?"

"합리는 무슨……!"

김준성은 울컥해 일어나다 심호흡하며 말했다.

"그럼 10년이면 2배를 갚으라는 소리 아닙니까! 그걸 어떻게 갚습니까?"

"에이, 싫으면 지금 다 갚아. 너희 아버지한테 말해서 집도 팔고, 땅도 팔고, 저기 성벽도 다 부숴서 팔면 충분하겠네."

"진짜 한 번만 봐주십시오. 2할은……."

"연 2할이면 금부(金部) 이자보다도 싼 거야. 싫으면 거기서 빌려서 나한테 갚든가."

내가 제안한 이자는 결코 비현실적인 것이 아니다. 오히려 너무나도 자비로운 숫자라고 할 수 있다.

금부(金部)에서는 저렇게 큰돈을 빌려줄 리도 없고, 빌려주더라도 연 4할 이상의 이자를 요구할 것이다.

나 정도면 성인군자라고 할 수 있지.

김준성은 허망한 얼굴로 나를 바라보다 고개를 숙였다.

"……그렇게 하겠습니다."

"좋아. 계약서 새로 쓰자고. 저기 종이와 먹 좀 가져다주시겠습니까? 앞으로 주변 마을이랑 친하게 지내면서 돈 열심히 벌어라. 알겠지? 준성아."

"……."

"대답은?"

"……그러겠습니다."

계약서 내용은 간단하다.

매월 이율과 내야 하는 금액을 적었고 돈 대신 현물을 요구할 때는 무조건 응해야 한다는 것이 포함되었다.

그렇게 김준성이 서명을 하고 나는 그의 어깨를 토닥였다.

"이번 기회에 착하게 살아라. 우린 간다."

지율이와 함께 방을 나서자 안에서 비명과 함께 식탁이 부서지는 소리가 들려왔다.

쟤 저거 갚을 돈은 있나?

이제 식탁 하나도 손 떨며 사야 할 텐데 말이다.

"뭐, 내 알 바 아니지."

그렇게 나는 태인에서의 모든 일정을 마쳤다.

◆ ◈ ◆

패배한 서진후는 감옥으로 돌아와 깔끔한 옷으로 갈아입었다.

애초에 강한 일격은 아니었다.

'아주 완벽한 역습 기회에서도 그런 주먹밖에 못 날리다니. 나도 연기가 많이 늘었구나.'

아무도 눈치 못 채게 져 주는 것도 쉬운 일은 아니었다.

사실 처음 이서하가 찾아왔을 때는 그의 제안을 받아들이지 않을 생각이었다.

이서하의 제안을 받아들인다고 누명을 벗을 수 있다는 확신은 없었다.

게다가 만약 이번에도 누명을 벗지 못한다면 그때는 지금보다도 더 비참한 인생이 기다릴지도 모른다.

최소한 지금은 결투장에서 번 돈으로 아이들 삼시 세끼는 먹일 수 있었으니 말이다.

하지만 이서하가 자식들을 말했을 때는 마음이 흔들렸다.

대역죄인의 자식으로서 결코 꿈을 펼칠 수 없는 아들을 생각한다면 어떻게든 누명을 풀어야만 했다.

그리고 마지막 결정타로 이서하가 건넨 마지막 서신이 그의 마음을 움직였다.

-서진후의 사형이 집행되지 않았으니 약속대로 태인에서 그를 받아 가겠습니다.

태인의 가주가 보낸 서신이었다.

이 내용은 태인 또한 누명을 씌우는 데 한몫했으며 처음부터

이 결투장을 부흥시킬 목적이었다는 것을 내포하고 있었다.

지금까지는 서로의 이해관계가 맞았을 뿐이라고 생각했다.

하지만 그것이 아니었다.

처음부터 끝까지 이용당하는 인생이었을 뿐이다.

'감사함 따위를 가지고 있었다니.'

서진후가 씁쓸하게 웃는 순간이었다.

"문 열어! 이 새끼야!"

"안 됩니다!"

"안 돼? 안 된다고? 그럼 내가 직접 열지."

김준성이 난동을 부리며 감옥 문을 열고 들어와 다짜고짜 주먹을 날렸다.

"서진후!"

서진후는 피할 생각도 하지 않고 맞아 주었다. 고개도 안 돌아갈 정도의 솜 주먹이었다. 권법은 모든 무술의 기본인데 요즘 애들은 기본이 안 되어 있는 모양이다.

"어떻게 할 거야! 이걸 지금 어떻게 할 거냐고! 죽여 버리겠어. 이 쓸데없는 새끼!"

김준성은 다짜고짜 검을 뽑아 들었다.

주먹은 맞아 주었지만, 검까지 맞아 줄 생각은 없다.

서진후는 김준성의 손목을 잡은 뒤 말했다.

"꼬마야. 선 넘지 마라."

"이 자식이 감히 누구한테……!"

서진후가 손에 힘을 주기 시작하자 김준성이 인상을 찡그렸다. 무과도 치르지 못한 생도 따위가 어떻게 할 수 있는 수준이 아니었다.

"넌 관계가 없으니까 살려 주마."

서진후가 그렇게 말하는 순간이었다.

"여기다. 죄인을 호송하라."

후암이 데리고 온 무사들이 서진후를 포박한 뒤 끌고 나갔다.

이제 서진후는 수도의 전옥서로 옮겨져 다시 재판을 받을 것이었다.

그리고 그의 변호는 신유민 저하의 문관들이 맡을 예정이었다.

'해 보자.'

이왕 이렇게 된 거 누명을 씌운 모든 이들에게 복수할 생각이었다.

이미 태인에게는 복수를 했으니 말이다.

청신(靑申).

서하가 떠난 뒤 한상혁과 유아린, 그리고 박민주는 각자 수련하기에 여념이 없었다. 특히 상혁과 아린은 매일같이 새로운 무공을 연마하기에 바빴다.

"현아, 상혁이와 아린이를 어떻게 생각하느냐?"

"한상혁 도련님은 매일 다른 사람이 되는 듯합니다. 이대로 쭉 수련한다면 그 누구도 건드릴 수 없는 고수가 될 겁니다."

"나만큼 강해질까?"

황현은 살짝 미소를 지었다.

"그럴 수도 있겠죠."

"참, 흥미로운 재능이구나."

처음부터 한상혁은 특별하다고 생각했었다.

모든 것을 갖춘 천재는 극히 드물다.

감각을 갖추었다면 신체를 갖추지 못하고, 감각과 신체를 갖추었다면 성실함이 없었으며, 거기에 성실함까지 갖추면 현실이 뒤를 받쳐 주지 못했다.

하지만 서하가 아낌없이 지원한 결과 한상혁은 모든 것을 갖출 수 있었다.

'사람 보는 눈이 있단 말이지.'

사심을 빼고 보더라도 손자의 안목에는 감탄할 수밖에 없었다.

그때 황현이 말을 이었다.

"문제는 유아린 아가씨입니다."

"수련 성과가 만족스럽지 못한가?"

"아뇨, 너무 만족스러워 문제입니다."

"혈극재신법(血極災神法)이 문제구나."

이강진은 천천히 밥을 먹는 유아린을 바라봤다.

가만히 앉아 있음에도 살기가 피어오르고 있었다.

서하의 말대로 혈극재신법은 유아린에게 딱 맞는 무공이었다. 인간성을 포기하고 오로지 적을 말살하기 위한 마공(魔功). 정신이 강인하지 않으면 수련 도중 미쳐 버리는 무공이었다.

"못 버틸 거 같으냐?"

"지금은 괜찮지만 수련이 계속될수록 문제가 될까 걱정입니다."

"그렇긴 하구나."

지금이라도 혈겁(血劫)을 일으킬 것만 같은 기분이었다.

"그리고 만약 그렇게 된다면 한상혁 도련님조차 막기 힘들 것입니다."

동시대, 아니, 이강진 이후 최고의 재능인 한상혁이 막지 못한다면 유아린의 폭주를 막을 수 있는 사람은 없다고 봐도 무방했다.

"그럼 수련을 멈춰야 한다고 생각하느냐?"

"네, 서하 도련님과 긴밀한 대화를 나눌 필요는 있어 보입니다."

"아쉽구나. 조금만 더 정신이 강했더라면……."

그렇게 생각할 때였다.

"다들 열심히 수련하고 있었어?"

저 멀리서 서하가 주지율과 함께 걸어오는 것이 보였다.

그 순간 아린을 감싸고 있던 살기가 단숨에 사라지고 언제 그랬냐는 듯 환한 미소가 떠올랐다.

"서하야."

아린은 벌떡 일어나 서하의 앞으로 달려간 뒤 입을 열었다.

"오래 걸렸네. 무슨 일이라도 있었어?"

그러자 민망해진 주지율이 먼저 말했다.

"미안하다. 괜히 나 때문에……."

"아니야. 지율이 덕분에 큰돈을 벌어 왔거든. 가서 얘기해 줄게."

"응. 그래, 천천히 얘기하자."

"수련은 잘하고 있었어?"

"당연하지. 나한테 딱 맞던데?"

이강진과 황현은 배시시 웃는 아린의 모습에 서로를 바라봤다.

"이거 흥미롭네요."

"그러니까 말이다. 아무래도 수련은 중단하지 않아도 되겠구나."

서하의 앞에서는 광인(狂人)은커녕 그 누구보다 밝은 광인(光人)이 되는 아린이었다.

'친구들에게도 잘했었지.'

살기가 뿜어져 나오는 상황에서도 상혁이, 그리고 민주와는 평상시처럼 대화하던 아이다.

'자기 사람들만, 아니 서하의 사람들만 챙기는 건가?'

서하가 아린에게 이 무공을 건넨 이유를 알 것만 같았다.

'잘 관리해야겠구나. 서하야.'

서하에게 아린은 그 어떤 상황에서도 밝음을 잃지 않는 강인한 인간이었기에 혈극재신법(血極災神法) 또한 이겨 낼 수 있다고 생각했을 것이다.

'과연 어떻게 될까?'

유아린이 서하의 적을 베는 날카로운 검이 될지, 아니면 이 세상을 피로 물들일 혈마가 될지는 모두 서하에게 달린 일이었다.

이윽고 서하가 이강진의 앞으로 와 허리를 숙여 말했다.

"다녀왔습니다. 할아버지."

"그래."

이강진은 미소와 함께 말했다.

"네가 고생이 많구나."

여러 가지 의미로 말이다.

서진후의 재심이 이루어진다는 소식은 빠르게 수도를 강타했다.

많은 장군들이 대역죄인의 재심은 있을 수 없는 일이라며 반발했지만 그럴수록 상황을 더 수상하게 만들 뿐이었다.

신유철 국왕 전하는 군말 없이 재심을 승낙해 주었다. 신태민의 제안이든 신유민 저하의 제안이든 차별 없이 전부 받아들여 주는 국왕 전하였다.

신태민은 굳이 신유민 저하의 일을 반대하지 않았다.

그저 관망할 뿐.

'신태민 입장에서도 나쁠 게 없으니까.'

신유민 저하는 원래부터 문관의 지지를 받는 후계자였다.

서진후 재심은 안 그래도 좋지 않은 기존의 무관들과 신유민의 사이를 완벽하게 틀어 놓을 것이다.

그럼 그들이 전부 어디로 가겠는가?

신태민의 밑으로 기어들어 가겠지.

'하지만 상관없다.'

늦든 빠르든 전부 신태민의 편으로 들어갈 놈들이다.

'유능하지도 않고.'

신유철 국왕의 세대는 그 어떤 세대보다 찬란했다.

하지만 그 밑은 그렇지 못했다.

신유철, 이강진 같은 호랑이가 전장에서 물러나고 그 자리를 차지한 것은 정치를 위해 무사가 된 여우들이었다.

내가 만들어 갈 새 시대에는 없는 게 나을 인물들이다.

그렇게 잡생각에 빠져 있을 때 저 멀리서 아린이가 달려오는 것이 보였다.

"서하야! 이거 봐봐. 기가 붉은색이야. 이러면 3성 맞지?"

"오! 진짜네. 벌써 3성이야? 이거 되게 힘든 건데."

"응! 봐봐, 은빛으로도 변한다? 예쁘지?"

아린이는 기분이 좋은 듯 웃었다.

혈극재신공이나 음기 폭주나 둘 다 인간을 미치게 만드는 마공이었으나 아린이는 아무렇지 않아 보였다.

오히려 그 어느 때보다 환하게 웃는 걸 보니 부동심법이 그녀의 정신을 잘 지켜 주고 있는 것만 같았다.

그나저나 1년도 안 되어서 3성이라니.

무서울 정도의 성장 속도다.

아무리 지율이 사건이 있었다고는 하지만 난 고작 1성인데 말이다.

그때 옆에서 상혁이가 말했다.

"아아, 부럽다. 아린이는 벌써 3성이네. 난 이제 고작 1성인데."

고작 1성이라니.

만변무신공의 1성이면 이미 천 개의 동작을 완벽하게 사용할 수 있다는 뜻이 아니던가?

이런 괴물들 옆에서 무슨 수련을 하겠다고.

열등감만 더 쌓이지.

다시 지율이 옆으로 가자.

거기가 내가 있을 장소다.

"그런데 넌 이제 곧 선인 시련 아니냐?"

"아, 벌써 그렇게 되었네."

올해도 마지막으로 향해 가고 있었다.

"할 거지?"

"응, 당연히 해야지."

난 회귀 전에도 선인이 되어 본 적이 없다.

비록 호칭뿐인 직책이지만 한 번쯤은 해 보고 싶었단 말이지.

인간은 가지지 못했던 것을 탐내기 마련이다.

백의(白衣), 이번에는 꼭 입어 보고 싶었다.

◆ ◈ ◆

새해가 밝은 뒤 휴가가 끝난 광명대는 전원 수도로 복귀했다.

서진후의 재판은 거의 끝 무렵으로 가고 있었다.

"재판은 네 말대로 비공개로 요청했다."

"잘하셨습니다."

재판을 비공개로 진행한 이유는 국왕 전하의 부담감을 덜어 주기 위함이었다. 기존의 장군들이 서진후에게 누명을 씌운 것이 밝혀지면 좋든 싫든 이들을 벌해야만 한다.

애초에 자기들의 권력욕을 충족하기 위해 서진후에게 누명을 씌운 이들이다.

상대가 국왕 전하라도 쉽게 물러나지는 않겠지.

"재판은 어떻게 되어 가고 있습니까?"

"재판 결과는 아직 몇 달 더 있어야 확실해지겠지만 무혐의는 거의 확정적이다. 하지만 복직은 불가능할 거 같구나."

"한번 대역죄인으로 낙인찍힌 사람이니 군을 이끌 수는 없겠죠."

대역죄인이라는 이름은 꼬리표처럼 따라다닐 것이다. 아무리 무혐의로 재심 결과가 나오더라도 말이다.

"하지만 상관없습니다. 어차피 신유민 저하의 호위 무사가 되어 달라고 부탁할 생각이었으니까요."

"내 호위 무사로? 그 정도로 믿을 수 있는 사람이냐?"

"믿을 수 있죠."

서진후는 가족에게 떳떳해지는 것만을 위해 나찰과 싸운 인물이었다.

나라면 그것이 가능했을까?

누명을 쓰고 결투장에서 조롱을 받으며 10년 이상의 세월을 감옥에서 보내고도 국가를 위해 싸울 수 있는가?

'그만큼 뒤끝이 없는 인물이지. 현재에 충실하다고도 볼 수 있고 말이야.'

과거는 생각하지 않고 현재의 삶에 충실한 사람이다. 거기다 전장에서 보여 준 그의 임무 수행 능력을 생각한다면 그보다 좋은 호위 무사는 찾기 힘들다.

"적어도 기존의 장군들보다는 100배 더 가치 있는 인물입니다."

"그들보다 가치가 없다면 그게 인간인가?"

"하긴 그렇죠."

신유민 저하는 소리 내어 웃고는 말을 이어 갔다.

"그나저나 이번에 선인 시련 신청은 했나?"

"네, 미리 해 두었습니다."

"그래, 조심하거라."

조심하라니 그게 무슨 소리인지 모르겠다.

옛날이면 몰라도 요즘 선인 시련은 조심할 것이 없는데 말이다.

"이번부터 선인 시련을 문관들이 맡기 시작해서 말이야."

"문관이요?"

"선인 시련이 너무 쉽다는 말이 나왔다. 그건 나도, 태민이도 동의하는 바다. 다만 이렇게 일찍 바뀔지는 몰랐지만."

내 기억으로는 나찰과의 전쟁이 시작되기 전까지도 선인 시련의 감독을 대가문 출신의 장군들이 맡았었다.

사실 선인 시련의 난도가 떨어진 것이 바로 그 때문이었다.

대가문 출신의 장군들은 '우리가 남이냐?'라는 논리로 쉬운 시련을 부여했다.

덕분에 질 낮은 선인들이 양산되기 시작했고 결국 왕국이 무너지는 결과를 낳게 된다.

'하필이면 왜 지금 문관으로 바뀐 거지?'

역사적으로 바뀐 건 딱 한 가지뿐이다.

바로 내가 선인 시련에 참여한다는 것이다.

'견제가 들어오는구나.'

아마 허남재가 아닐까?

"그래서 선인 시련을 맡은 사람이 누구랍니까?"

"이정문이라는 병참 부서의 문관이라더구나."

"이정문이요?"

"혹시 아는 사람이냐?"

"……."

아는 사람이고말고.

조고수착(燥藁水搾) 이정문.

이정문은 나찰과의 전쟁에서 보급 부장을 맡는 인물이었다.

조고수착(燥藁水搾)이란 마른 짚에서도 물을 짜낸다는 뜻으로, 좋은 의미로든 나쁜 의미로든 이정문을 잘 표현한다고 할 수 있었다.

피도 눈물도 없는 원칙주의자.

'하필이면 이정문이냐?'

그리고 그녀가 이 일을 맡았다는 말은 다시 선인 시련이 예전처럼 진짜 시련이 된다는 뜻이었다.

"하하하, 누가 감독관을 맡든 우리 서하에게는 누워서 떡 먹기 아니냐?"

"하하하, 그렇죠. 네."

이거 아무래도 누워서 떡 먹다 체할 것만 같다.

◆ ◈ ◆

선인 시련 당일.

시험장에는 상급 무사들로 가득했다.

"이번에는 꼭 통과한다니까."

"에이, 이번에는 문관이 감독관을 맡아 어렵다던데? 다음을 노려보는 게 어때?"

"얼마나 어려운지 한번 보지 뭐."

상급 무사들은 밝은 미래를 상상하며 수다를 떨고 있었다.

하지만 나는 아는 사람이 없다.

친구들과 함께 보던 무과가 그립구만.

그렇게 외로이 주변을 둘러보고 있을 때 뒤에서 누군가가 나에게 다가왔다.

"야, 오랜만이다?"

작은 키에 긴 생머리.

신평의 차기 가주인 박민아였다.

그녀는 자기 키만 한 언월도를 어깨 위로 올리고 신이 나서 나에게 다가와 말했다.

"너도 선인 시련 받으러 온 거야? 빠르네. 나랑 동기가 될 줄이야."

"아, 맞아. 민아 선배가 있었죠?"

회귀 전에도 박민아는 무과에 통과하고 바로 2년 만에 선인이 된다.

중급 무사로 시작해 상급, 그리고 선인으로 매년 한 단계씩 올라가는 것이다.

"그래도 아는 사람 있으니까 반갑네. 잘해 보자고."

"네, 민아 선배도요."

그때 한 여자가 단상 위로 올라왔다.

질끈 묶은 머리와 미소 가득한 얼굴. 만약 그녀의 정체를 모르고 보았다면 그저 사람 좋은 미인이라고 생각했을지도 모를 모습이었다.

"안녕하십니까. 이번 선인 시련을 담당하게 된 이정문이라고 합니다. 선인 시련에 응시해 주신 무사분들을 환영합니다."

이정문이 살갑게 인사했으나 무사들은 무표정하게 그녀를 올려 볼 뿐이었다.

애초에 무관과 문관은 서로 사이가 좋지 않았다.

게다가 감독관이라고 나온 게 20대의 젊은 여성이었으니 좋게 볼 수 있을 리가 없다.

아니나 다를까 박민아는 팔짱을 끼고 한마디 했다.

"뭘 안다고 저게 선인 시련을 준비한다는 거야?"

그때 이정문이 미소와 함께 박민아에게로 시선을 돌렸다.

"많은 것을 알고 있으니 걱정하지 마세요. 무사님."

"……귀는 밝네."

이정문은 박민아의 빈정거림을 무시하고 말을 이어 갔다.

"선인 시련은 총 3단계로 나뉩니다. 첫 번째 필기, 두 번째 모의전, 그리고 세 번째 개별 임무입니다."

선인의 자질을 알아보는 시험으로 총 3단계로 나누어져 있었다.

첫 번째 단계는 논술 시험.

시험관이 낸 문제에 장문의 답안을 써서 제출하는 것이다.

원래는 선인이 될 인재의 사상을 검토하고 불순한 생각을 가진 이들을 걸러 내는 목적이나 지금은 형식적으로만 존재하는 단계였다.

막말로 이름 있는 가문의 무사들은 백지로 내도 통과하는 단계이니 말이다.

두 번째 시험은 통솔력을 시험하는 모의전이다.

응시자와 전혀 관계가 없는 무사들을 모아 임의로 배치하고 이들을 얼마나 잘 통솔해 임무를 수행하는지를 보는 시험.

그리고 마지막 세 번째는 선인 개인의 정신력을 시험하는 개별 임무였다.

대부분 응시자를 극한의 상황에 몰아넣고 이를 얼마나 해낼 수 있는지를 시험한다.

'예전이라면 걱정할 필요가 없겠지만…….'

이정문은 무사들의 사정 따위 봐주지 않는다.

"시련은 과거 정상적으로 선인을 선별했을 때의 기록을 참고해 만들었습니다. 특히 마지막 개별 임무의 생존율은 7할로 예상되며 이 부분에 대해 불만이 있으신 분은 지금 시련을 포기해 주시길 바랍니다."

생존율 7할.

'전쟁 직후에는 생존율이 5할까지도 떨어졌었지.'

선인 시험이 아니라 시련인 이유가 여기 있다.

초기 선인 시련은 무사들을 목숨이 왔다 갔다 하는 극한의 상황에 던져 넣었고 그 결과 재능 있는 무사들이 꽃을 피우지도 못하고 죽어 갔다.

이때부터 선인 시련은 실력과 야망을 갖춘 무사들만 지원하게 되었고 생존율은 7할까지 올라갔으나 계속된 사고에 시련 난도를 낮춰야 한다는 의견이 제시되었다.

'지금은 너무 낮아졌지만.'

덕분에 시련 중 사망자는 발생하지 않았으나 분별력이 사라져 전체적인 선인의 질은 많이 낮아진 상태였다.

이정문의 말을 들은 무사 중 하나가 어이가 없다는 듯 웃으며 말했다.

"생존율 7할? 그러면 여기서 3할을 죽이겠다고? 책임질 수 있겠어? 고작 너 따위가?"

"아이씨, 이래서 붓 든 놈들한테 감독관 맡기면 안 된다니까."

가벼운 마음으로 시련을 받으러 왔던 상급 무사들은 홍분한 듯 한마디씩 했다.

하지만 이정문은 미소를 잃지 않은 채 말했다.

"쫄리면 꺼지세요. 개나 소나 될 수 있는 선인은 이제 필요 없습니다."

"……와."

충격적인 발언에 박민아가 놀란 듯 입을 벌리고 있다가 말했다.

"기다려, 내가 저년 죽이고 올게."

"참아요! 참아!"

"내가 안 죽여도 누가 죽일 거 같은데?"

박민아의 말대로 홍분한 무사들이 날뛰기 시작했다.

"야! 너 말 다 했어?"

"저 미친년이!"

그렇게 홍분한 무사들이 날뛸 때 이정문이 조소와 함께 고개를 절레절레 흔들었다.

"선인 후보라는 것들이 수준하고는……."

그리고는 옆에 서 있던 선인들에게 말했다.

"홍분한 무사들 전부 퇴장 조치시켜 주세요. 저렇게 쉽게 홍분하는 병신들은 선인이 돼서는 안 됩니다."

"뭐? 네가 뭔데……!"

이정문의 옆에 있던 젊은 선인들은 한숨을 내쉬었다.

그들에게 내려진 명령은 하나.

감독관인 이정문의 명령에 따르라는 것이었다.

"움직이자."

선인들이 흥분한 무사들을 제압해 끌고 나가기 시작했고 박민아는 당황한 듯 주변을 바라봤다.

"뭐야? 저 여자?"

이윽고 난동을 부리던 무사들이 전부 끌려 나가고 이정문은 다시 미소와 함께 말했다.

"조용하니까 좋네요. 그럼 필기 시작하겠습니다. 주제는 '선인(仙人)이 갖추어야 할 덕목'입니다. 한 시진 드리죠. 바로 시작해 주세요."

시련 시작도 전에 반 이상이 탈락해 버렸고 생존율 7할이라는 말에 나머지 반이 떠났다.

'이거 참…….'

소문대로 엄청난 여자였다.

Chapter 60.

Chapter 60.

필기시험이 시작되자마자 모두 백지 앞에서 고심하기 시작했다.

'다들 아무런 준비 없이 왔겠지.'

보통 필기시험은 궁색 맞추기 용이었다. 정말 미친 헛소리만 쓰지 않으면 무조건 통과되는 그런 시험이란 말이다.

막말로 이미 선인이 된 선배들은 우스갯소리로 이렇게 말한다.

첫 10문장만 제대로 쓰고 그 뒤는 먹고 싶은 음식을 적어도 통과할 거라고.

낙엽보다 가벼웠던 시험의 비중이 갑자기 천근만근 무거

워졌으니 당황스러울밖에.

하지만 난 문제가 없다.

선인이 갖추어야 할 덕목은 선인백서(仙人白書)라는 책에서 전부 말하고 있으니 그대로 쓰면 될 일이다.

그렇게 막힘없이 써 내려갈 때였다.

"난 망했어."

옆에 있던 박민아의 고뇌가 들려왔다.

무과 시험 마지막에도 백지를 낸 그녀였다.

그때야 백지를 내도 통과가 확정된 상황이니 그렇다 치더라도 지금은 다르다.

필기를 통과하지 못하면 두 번째 시련을 받을 수 없단 말이지.

박민아에게는 아마 가장 큰 시련이 바로 이 필기가 아닐까.

'도와주고는 싶지만…….'

이 자리에서 과외를 해 줄 수도 없고 어쩌겠는가.

하지만 미안한 마음은 든다.

'지금 문관으로 감독관이 바뀐 건 아마 내 탓이겠지.'

알아본바 문관 쪽으로 감독관을 넘겨야 한다고 강하게 주장한 것은 허남재라고 한다.

아미숲에서 혼쭐이 난 신태민 또한 부국강병을 위해서는 선인들의 질을 올려야 한다며 힘을 보탰고 거기에 백성엽 또한 함께했다고 한다.

아마 신태민과 백성엽은 정말 선인의 질을 올리고 싶은 생각에 제안했을 것이다.

문제는 허남재.

그놈은 다른 꿍꿍이가 있었겠지.

'아마 날 떨어트릴 생각이었겠지.'

아미숲 이후 백성엽과 신태민은 간혹 살갑게 인사를 해 주며 다가왔다.

하지만 허남재는 아직도 나를 탐탁지 않게 보는 것만 같았다.

그렇게 생각할 때 박민아가 다시금 좌절했다.

"망했어, 망했어, 망했어, 필기는 쉽다며 이 자식들아."

정신이 나간 사람처럼 중얼거리는 박민아.

아무래도 신평의 선인들을 욕하는 모양이다.

어느 정도는 나 때문에 떨어지는 감도 있으니 어떻게든 도와줘야겠다.

중간부터 박민아의 성격에 맞게 바꿔 전부 작성한 뒤 나는 나지막하게 말했다.

"저기요, 선배."

내 말에 박민아가 반응했다.

"내가 시선 좀 끌 테니 답안지 가져가고 백지 놓으세요."

"답안지 가져가라고?"

"어차피 선배 무과 시험도 백지로 내서 필체도 구분 못 할 걸요?"

"오호, 역시. 그때 백지로 낸 나의 판단이 옳았구나."

흐뭇해하는 박민아.

자랑스러워하지 않았으면 좋겠다.

"그럼 준비하세요."

나는 자리에서 일어나 말했다.

"저기 시험관님. 변소 좀 다녀오겠습니다."

"고작 한 시진이다. 참아라."

당연히 저 말이 나올 줄 알았다.

하지만 인간이라면 보내 주지 않을 수가 없는 방법이 있다.

"급똥입니다. 당장이라도 새어 나올 거 같습니다."

모두의 이목이 나에게로 쏠렸다.

하지만 아는 사람은 모두 알 것이다.

급똥이 얼마나 위험한지.

난 작게 한숨을 내쉬며 말했다.

"한계입니다. 시험관님."

"……."

그 순간.

박민아는 시험관의 시선이 전부 나에게 쏠린 찰나를 놓치지 않고 답안지를 바꿔치기했다.

이윽고 이정문이 고개를 절레절레 흔들며 말했다.

"다녀오세요."

"감사합니다."

이제 내 별명은 똥쟁이가 되겠구먼.

하지만 원래 그런 별명은 많았으니 아무런 타격이 없다.

예를 들면 코흘리개, 똥쟁이, 민폐, 찌질이…….

그만 나열하자.

그렇게 변소에 다녀온 나의 앞에는 반으로 접힌 백지가 놓여 있었다.

아무도 눈치를 못 챈 거 같으니 문제가 되지는 않겠지.

나는 필체를 조금 다르게 해 비슷하지만 다른 내용을 적었다.

글이라는 것은 같은 내용을 쓰더라도 관점에 따라 완전 다른 글이 되니 말이다.

그렇게 아슬아슬하게 논술을 작성한 나는 한숨을 내쉬며 하늘을 올려 보았다.

한 시진에 두 개를 적다니.

간단한 내용이라 다행이다.

그렇게 시험지 제출이 끝나고 박민아가 말했다.

"이 은혜는 잊지 않으마. 원하는 거 있으면 뭐든 말해 봐. 그럼 내가 힘닿는 데까지 도와주마."

"그럼 공부 좀 해요."

"아, 그건 좀……."

이 선배 참 답 없네.

그렇게 수다를 떠는 사이 이정문은 순식간에 채점을 마치고 일어났다.

다른 의미로 첫 10문장에서 탈락자와 합격자를 결정한 것만 같다.

"1차 탈락자를 발표하겠습니다. 이름 붙여 주세요."

탈락자 명단에 적힌 이름의 수는 총 22명이었다.

남아 있는 총원이 32명인 것을 생각하면 10명만 남고 싹 다 탈락이라는 소리다.

"이런 미친……!"

탈락자 명단에 이름이 적힌 무사들은 전부 이정문을 향해 욕설을 뱉었다.

"채점을 그따위로 해도 되는 거야?"

"야! 너 똑바로 읽기는 했어?"

그렇게 흥분한 무사들 사이로 들어갔던 박민아는 놀란 얼굴로 말했다.

"오! 나 통과했어."

내가 쓴 글이니까.

다행히 나와 박민아는 1차 탈락자 명단에 없었다.

적어도 10줄 이상 읽어 볼 가치는 있는 글이었다는 소리겠지.

나와 박민아는 만족했으나 탈락자의 반발은 심했다.

여기저기서 욕설이 난무했고 과도하게 흥분한 이들은 당장이라도 이정문에게 달려들 기세였다.

이정문은 한심하다는 듯 무사를 바라보다 말했다.

"고작 첫 10문장조차 논리적으로 쓰지 못하는 멍청이들은 선인이 돼서는 안 된다고 생각합니다만. 이의 있습니까?"

"뭐?"

"아, 참아, 참아. 그래도 감독관이다."

선인들이 무사들을 말렸으나 흥분한 무사들은 멈출 줄을 몰랐다.

백의선인들도 괜히 시험관으로 와서 고생이다.

하지만 탈락한 무사들의 눈에는 보이는 게 없었다.

"당신들은 누구 편입니까? 하긴 꿀 빨아서 선인이 되었으니 저런 문관 똥꼬라도 빨아야죠."

"야, 상급 무사. 말이 심하다?"

"심한 건 저 문관 년이고! 내가 선인이 되려고 얼마나 노력한 줄 알아!"

그러자 참다못한 선인이 외쳤다.

"야, 전부 제압해!"

육탄전이 벌어지고 나와 박민아는 뒤로 물러났다.

우와.

난리 났네.

그 와중에도 이정문은 귀를 파며 나머지 시험지를 읽고 있었다.

어떤 의미로는 난사람이다.

난 그 난리 통을 뚫을 수 있을 정도로 큰 목소리로 외쳤다.

"그럼 정식 결과는 언제 발표됩니까?"

"내일입니다. 내일 사시 초까지 오세요."

용케도 알아듣고 대답해 주는 이정문이었다.

"우린 가죠. 선배."

"그래, 저녁은 내가 산다. 민주랑 친구들 다 불러."

그럼, 앞으로 저녁은 다 선배가 사야지.

안 그랬으면 저 인파 맨 앞에서 언월도를 휘두르며 항의하고 있었을 테니까.

그렇게 나는 아수라장이 된 시험장을 빠져나왔다.

"오늘 고생 많으셨습니다."

"말 좀 가려 하세요. 감독관님."

"제가 틀린 말을 했나요?"

"하아……."

선인들은 대답도 없이 멀어져 갔고 이정문은 무표정하게 남은 10장의 시험지를 가지고 돌아왔다.

만족스럽지는 않지만 그래도 최소치는 넘기는 글들이었다.

통과 도장을 찍던 이정문은 마지막 두 장을 놓고 생각에 잠겼다.

"내용이 똑같네."

둘 다 선인백서의 내용을 토대로 적은 것으로 주장하는 바를 교묘하게 다르게 적었으나 이정문의 눈을 피할 수는 없었다.

"청신의 이서하, 신평의 박민아."

바로 옆에 앉아 있던 두 사람이다.

'누가 적은 거지?'

한 사람이 적은 건 확실하다.

문제는 누가 적은 글인지 알 수 없다는 소리다.

'둘 다 떨어트릴까?'

그러기에는 글의 질이 너무 좋았다.

둘 다 떨어트리기는 아깝고, 그렇다고 하나를 찍어 떨어트릴 수도 없으니 어떻게 할 방법이 없다.

'그냥 둘 다 붙이고 봐야지.'

어차피 앞으로 있을 시련도 어중이떠중이는 통과할 수 없는 것들이니 말이다.

어쨌든 이 두 사람은 유심히 봐야 할 것만 같다.

마지막 2장 모두에 합격 도장을 찍은 이정문은 밖으로 나가 말했다.

"모의전을 도와줄 무사들은 준비되었습니까?"

"네, 총 1,000여 명을 준비해 두었습니다."

"아뇨, 그만큼은 필요 없습니다. 제가 이 나라 상급 무사들을 과대평가한 거 같네요. 여기 각 선인 후보한테 배정될 무사들을 적어 놓았습니다. 내일까지 이들을 시험장으로 불러주세요."

"네, 그러겠습니다."

통솔력을 시험하는 두 번째 시련은 보통 시험을 치르는 무사와 전혀 관계가 없는 이들을 배정해 짧은 시간 안에 얼마나 부하들을 규합하고 임무를 수행할 수 있는지를 보는 것이었다.

이 또한 변질되어 대부분 친밀한 무사들로 시험을 치르기 일쑤였다.

하지만 이번에는 이정문이 각 후보별 상성이 좋지 않은 무사들을 직접 선별해 붙여 주었다.

몇몇 무사들은 적이 없어 그저 관계없는 무사들을 붙일 수밖에 없었지만, 또 몇몇은 너무나도 적이 많아 누구를 붙여야 할지 고민을 해야 할 정도였다.

예를 들면 청신의 이서하 같은 무사 말이다.

"그럼 이제……."

이정문은 얇은 손목을 풀며 말했다.

"병참 쪽 일을 해 볼까?"

이정문의 사전에 휴식이란 존재하지 않았다.

다음 날, 아침이 밝았다.

사시(오전 9시)에 다시 모인 10명은 2차 시험 결과 발표를 기다렸다.

박민아는 옆에서 몸을 풀며 말했다.

"후우, 긴장되네."

"제가 쓴 글인데 왜 긴장되십니까?"

"네가 쓴 글이니까 긴장되지. 내가 썼으면 대충 예상은 갈 거 아니야."

"탈락 확정이라서요?"

"하하하! 그렇지."

"……."

당당함 하나는 인정해 줘야겠다.

이윽고 이정문이 단상 위로 올라오며 말했다.

"채점 결과 남으신 무사님들은 모두 통과되었습니다. 축하합니다."

모두가 안도하기가 무섭게 이정문은 말을 이어 갔다.

"그럼 바로 다음 단계로 진행하겠습니다. 다음 단계는 모의전입니다. 이번 모의전 방식은 전투 형식으로 하겠습니다."

모의전의 형식은 여러 가지다.

마수를 잡을 수도 있고, 무사들을 훈련해 열병식을 하기도 한다.

과거, 선인 시험의 난이도가 극한으로 높았을 때는 전쟁터나 마수가 우글거리는 지역에 떨어트리기도 했으나 이는 선인 후보는 물론 무사들까지 위험에 빠트리는 행위였기에 금지되었다.

"요즘은 거의 열병식 아니었나?"

"그랬죠."

현재에 이르러 두 번째 시련은 대부분 열병식으로 치러졌다.

무사들을 훈련시켜 멋들어지게 행군하고 진형을 바꾸면 끝.

대가문 출신의 무사들은 이미 훈련이 진행된 무사들을 배정받기 때문에 아무것도 하지 않아도 통과할 수 있는 단계였다.

'한마디로 그들에게 시련이라고는 3번째 시련뿐이라는 거지.'

하지만 이번에는 다르다.

필기시험에서 높아진 난이도를 체감한 무사들은 굳은 얼굴로 이정문의 설명을 기다렸다.

"각 무사님은 30명의 중급, 하급 무사들을 배정받을 것입니다. 이들을 지휘해 서로 전투를 벌이면 됩니다. 모두 각각 선인 후보와 한 번씩 전투를 벌이며 승패를 기록해 하위 5명은 탈락합니다."

상대평가.

하위 다섯 명이 탈락한다는 소리에 누군가 인상을 찌푸리며 말했다.

"그럼 여기서 다섯 명은 무조건 탈락이라는 소리입니까? 아무리 잘 지휘해도요?"

"네, 그렇습니다."

"그건 말이 되지 않습니다. 선인 시련은 그에 걸맞은 능력을 갖춘 사람을 선발하는 과정 아닙니까? 상대가 뛰어나다고 해서 패배한 이가 능력이 없다는 건 아닐 텐데요."

"정말로 선인 시련이 그런 거로 생각하십니까?"

"그럼 아닙니까?"

"아니죠."

이정문은 귀찮다는 듯 말을 이어 갔다.

"선인 시련은 차기 지휘관을 선별하는 과정입니다. 지휘관은 매 전투 무사들의 생사를 책임져야 하죠. 그럼 되묻겠습니다. 하위 5명은 최소 4패 이상을 할 텐데 9번 싸워 그중 절반이나 지는 선인을 선발할 이유가 있을까요? 아니면 적이 우리 선인들보다 수준이 낮을 거라는 절대적인 근거라도 있으신가요?"

"……."

선인은 나라의 흥망을 좌지우지할 수 있는 자리다.

대장군이 전쟁에서 대패한다면 수많은 무사들이 목숨을 잃을 것이다.

대답이 없자 이정문은 설명을 이어 갔다.

"그럼 각자 배정된 무사들을 만나러 가시면 됩니다. 첫 번째 전투는 두 시진 이후에 시작하겠습니다."

"자, 이쪽으로!"

선인들의 안내를 받아 가는 길.

나는 심호흡하며 생각했다.

'나에게 전혀 잘 보일 필요가 없는 무사들로 선별해 놓았겠지.'

이정문의 성격이라면 그럴 것이다.

그렇다면 첫인상이 중요하다.

거친 무사들 사회에서는 얕보이면 끝이니 말이다.

"크흠."

목소리부터 가다듬고 위엄 있게.

철혈 이강진의 손자이자 태자 저하의 복심인 청신 가문의 이서하라고 소개한다면 모두 설설 기고 싶지 않을까?

'쉽지, 쉬워.'

이럴 때 가문과 뒷배를 써먹지 또 언제 써먹겠는가.

이윽고 나를 안내해 주던 선인이 말했다.

"이서하 상급 무사. 무사들과 인사해라."

"크흠, 나는……."

그렇게 준비한 말을 뱉으려는 순간이었다.

"반갑습니다. 전 무사들의 대표, 운성의 중급 무사 나홍기라고 합니다."

"그래, 운성……."

뭐?

운성?

고개를 들자 운성 무사들의 조소가 보였다.

"잘 부탁합니다. 이서하 대장님."

이정문 이 쌍…….

안 좋은 말이 나올 뻔했다.

확실히 이정문이 일을 잘하네.

나와 사이가 안 좋은 무사들을 아주 잘 골라 온 모양이다.

하지만 운성이라니. 상상도 못 했다.

'뭐, 운성이라고 전부 나를 싫어하겠어?'

운성의 사람들도 다 생각이 있겠지. 자기가 다니는 관청을 싫어하는 문관들도 많잖아? 오히려 한백사와 사이가 안 좋은 나를 좋아할 수도 있지 않을까?

"좋아. 나부터 인사를 하겠다. 나는 이번에 선인 시련을 치르는 이서하라고 한다. 앞으로 며칠간 잘 부탁한다."

"네, 그러셔야죠."

아까부터 기분 나쁘게 실실 웃는 나홍기였다.

말투부터 기분이 싸하다.

하지만 특별히 이상한 행동을 하는 것은 아니었다.

나는 무사들의 분위기를 살피며 몇 가지 전술을 전하기 시작했다.

어차피 첫 번째 모의 전투까지는 두 시진.

고작 두 시진으로 합을 맞추는 건 불가능하니 최소한의 전술적인 약속을 만드는 것이 최선이었다.

무사들은 나름 고개를 끄덕여 가며 내 이야기를 들어 주었다.

'이렇게 보면 또 나쁜 건 아닌 거 같고.'

하지만 그렇다고 큰 의욕을 보이지는 않았다.

이 부분은 어쩔 수 없다.

선인 시련에 선발되는 무사들은 본업을 제쳐 두고 강제로 자원봉사를 나온 셈이니까.

그나마 지금까지는 열병식 정도로 끝났으나 이번에는 9일간 모의 전투까지 치러야 한다.

남의 시험을 치러 주다 괜히 몸이라도 다치면 자기만 손해이니 의욕이 없을 수밖에.

'일단 운성의 무사들이 어떤 생각을 하고 있는지 좀 볼까?'

아무래도 첫 번째 모의 전투는 탐색용으로 써야 할 것만 같았다.

그렇게 두 시진이 순식간에 지나가고 나는 운성의 무사들과 함께 모의 전투가 치러질 비무장으로 향했다.

몇몇 후보생들은 이미 무사들과 친해졌는지 깔깔거리며 웃고 있었고 몇몇은 기강이 제대로 잡힌 듯 긴장한 얼굴이었다.

두 시진 만에 처음 보는 무사들을 저렇게까지 휘어잡을 수 있다니.

저 부대의 대장은 도대체…….

"여, 무사들은 좀 휘어잡았어?"

당연히 저 사람이겠지.

박민아는 나를 발견하자마자 반갑게 손을 흔들다 부하들을 향해 말했다.

"모두 대기해라."

"넵!"

박민아의 부하들은 꼿꼿이 서서 앞만 바라볼 뿐이었다.

부럽다.

왜 나는 저런 부하들을 받지 못한 것일까?

"어땠어? 부하들은 좀 괜찮아?"

"운성 소속 무사들이더군요."

"꺄하하하하! 너 운성이랑 완전 원수지간이잖아?"

"그걸 알고 배정해 줬겠죠. 민아 선배는 어떻습니까?"

"나도 도착하자마자 어린 여자가 어쩌고저쩌고하더라고."

호오.

처음에는 무시를 당했다 이거지?

"그래서 팼어."

"네?"

"까부는 놈들 제압한 뒤 바로 신평식 훈련을 진행했지. 승리하면 연회, 패배하면 매일 이 훈련을 진행할 거라고 말이야."

"……."

한마디로 무력으로 깔아뭉갠 셈이다.

강제로 자원봉사에 끌려온 무사들에게 그게 할 짓인가라는 생각이 들었지만 반대로 생각하면 당연한 일이었다.

이 모의 전투가 진짜 전쟁이라고 가정하면 지휘관에게 막말한 셈이니까.

목이 날아가도 이상하지 않지.

암, 그렇고말고.

"그래서 저렇게 기강이 잡힌 겁니까?"

"물론 거기에 포상도 약속했지. 알잖아. 신평은 은혜를 잊지 않는 거."

하긴, 신평 정도라면 무사들이 혹할 만하지.

하지만 내 부하들은 운성 소속이란 말이다.

청신에서 받아 준다고 한들 '감사합니다!' 하면서 올 리는 없다는 것이지.

이윽고 이정문이 나와서 말했다.

"그럼 첫 번째 모의 전투를 시작하겠습니다. 첫 번째는 이서하 상급 무사와 김민석 상급 무사의 모의 전투가 있겠습니다."

매도 먼저 맞는 게 낫다고 일단 첫 번째도 나쁘지 않다.

모의 전투의 규칙은 간단하다. 선인 시련을 받는 지휘관은 오직 뒤에서 지휘만 하고 무사들은 줄이 그어진 정사각형 안에서 전투를 벌인다.

상대를 전부 밖으로 밀어내면 끝.

9일간 계속해서 전투를 치르기 때문에 부상을 당하지 않는 것도 중요한 시험이었다.

난 전투 시작에 앞서 나홍기와 부하들에게 말했다.

"부상을 당한 거 같으면 밖으로 나와 상태를 지켜봐라. 굳이 무리할 필요 없다."

"걱정하지 마세요. 부상당할 일 없을 겁니다. 자자, 자원봉사 좀 하러 가자."

나홍기는 확신하며 비무장으로 올라갔다.

이윽고 징이 울리며 첫 번째 모의전이 시작되었다.

"방진을 펼쳐라."

10명씩 3줄로 서는 기본적인 방어 대형이다.

첫 번째 전투인 만큼 적이 어떻게 나오는지, 무엇보다 아군이 어떻게 나오는지를 볼 필요가 있었다.

내가 소극적으로 나오자 상대 상급 무사의 돌격 신호가 떨어졌다.

"돌격!"

서로 정정당당하게 부딪쳐 부하들의 실력을 보자는 의도였다.

'나쁘지 않지.'

그건 나도 원하던 바.

가만히 앉아서 부하들의 실력을 감상하면…….

"아이고! 아이고!"

……될 리가 있나.

적이 돌격해 옴과 동시에 움찔거리던 운성의 무사들은 순식간에 사방으로 도망치기 시작했다.

중급 무사나 되는 것들이 검 한 번 맞대지 않고 말이다.

어쭙잖게 연기를 하고는 있었으나 누가 봐도 나를 위해 싸울 생각이 없다는 뜻이었다.

이윽고 운성의 무사들이 모두 줄 밖으로 나가며 승패가 결정되었다.

‘검 한 번 제대로 안 휘두를 줄이야.’

나의 패배에 유일하게 웃지 않는 사람은 박민아뿐이었다.

다른 선인 후보생들은 낄낄거리며 나를 바라보고 있었고 나홍기는 이 상황이 만족스러운지 고개를 끄덕이고 있을 뿐이었다.

‘지령을 받았네.’

저렇게 극단적으로 나를 떨어트리려는 모습을 보면 운성에서 뭔가 지령이 내려온 것이 분명했다.

‘방법을 찾아봐야지.’

그렇게 나의 첫 번째 모의 전투는 허무하게 막을 내렸다.

“하하하! 그 얼빠진 표정 봤나?”

나홍기는 깔깔거리며 뒤풀이를 시작했다.

서하의 예상대로 운성에서는 나홍기에게 책임지고 이서하를 떨어트리라는 명령을 내렸다.

원래부터 다른 중급 무사들과 두루두루 절친하게 지냈던 나홍기는 바로 작전에 착수했다.

운성과 사이가 좋지 않은 이서하를 떨어트리자고 말이다.

이번 일만 잘 풀리면 한백사의 눈에도 들 수 있을 것이라며 설득하자 모두가 한마음 한뜻으로 동의해 주었다.

"불쌍하다. 불쌍해. 하필이면 우리냐? 그렇지 않아? 홍기야."

"크크크, 그러니까 말이야. 지금까지 운이 좋았지 뭐. 그러니 선인 시련에서 한 번 정도는 낙방해도 되지 않겠어?"

"이번 일만 끝나면 우리도 출세하는 건가?"

"물론이지. 한 가주님이 우리를 기억한다고 하셨어. 내가 이미 우리 부대원 이름 싹 적어서 제출했지. 일만 잘 마무리되면 다들 특진 하나씩은 따 놓은 셈이야. 연봉도 많이 오를 거다."

"그래, 그래. 너만 믿는다. 홍기야."

나홍기는 미소를 지었다.

'그래, 열심히 해라. 이놈들아. 나를 위해서.'

한백사가 포상을 준다고 약속한 것은 사실이었다.

다만 그것이 모두의 특진은 아니다.

한백사가 약속한 포상은 바로 일만 냥.

30명 모두에게 줄 포상이었으나 나홍기는 동료들에게 이 사실을 말하지 않았다.

특진이라는 거짓 포상만으로도 모두 순진하게 따라 줬으니 말이다.

'이번 일이 끝나면 내 인생이 바뀔 것이다.'

일만 냥은 다른 도시에서 새 인생을 살기에 충분하고도 남을 돈이다.

속은 동료들이야 분노하겠지만 적당히 먼 도시로 잠적하면 뭔 상관이겠는가?

“야, 근데 이러다가 우리 곤장이라도 맞으면 어떡하냐?”

“곤장?”

“막말로 우리 명령 불복종이잖아. 싸우라고 하는데도 거의 싸우지 않고. 이렇게 해도 되나? 그래도 싸우는 척은 해야 하는 거 아니야?”

모의전이라도 군법은 그대로 적용되었다.

만약 이서하가 명령 불복종을 명분으로 곤장을 때린다면 부하인 나홍기와 다른 무사들은 꼼짝없이 처벌받을 수밖에 없다.

하지만 나홍기는 여유로운 미소를 지었다.

“곤장 때린다고 하면 그냥 다 파업하고 전투 안 나가면 돼. 몰수패당하게. 지가 어쩔 거야? 그렇잖아.”

“하긴, 우리가 똘똘 뭉치면 이서하 그놈이 어떻게 할 방법이 없지. 어린놈의 새끼가 건방지게 반말이나 찍찍 하고. 그렇지 않냐?”

“오오!”

다들 나홍기를 중심으로 똘똘 뭉쳐 이서하를 따돌리기로 마음을 먹은 상황이었다.

나홍기는 술을 들이켜며 생각했다.

‘처벌? 생각 있는 놈이면 그럴 리가 없지.’

생각이 있는 놈이라면 쉽게 처벌 같은 걸 할 수 없을 것이다.

나홍기는 그런 확신을 갖고 생색냈다.

"만약 곤장 때리면 내가 대표로 맞을게. 걱정하지 마라."

"이야, 역시 우리 홍기. 의리가 있어."

"나홍기를 위해. 건배!"

그렇게 나홍기의 행복한 첫날 밤이 지나갔다.

◆ ◈ ◆

다음 날.

모의전은 미시(오후 1시)부터 시작되지만 무사들은 사시(오전 9시)에 모여 훈련을 받기로 되어 있다.

그러나 어제 2차에 3차까지 달린 나홍기와 그의 동료들은 사시가 거의 지나서야 모습을 드러냈다.

"우리 진짜 곤장 맞는 거 아니냐?"

"때리라고 해. 내가 다 맞아 주마. 대신 내가 맞으면 바로 파업해 버리는 거 잊지 말고."

"당연하지. 근데 사실 파업 하나 안 하나 패배는 확정이잖아."

"크크크, 그건 그래."

그렇게 훈련장에 도착하자 팔짱을 끼고 앉아 있던 이서하가 몸을 일으키며 말했다.

"이제 왔나?"

"아이고 늦었습니다. 대장님."

나홍기는 껄렁거리며 허리를 숙였다.

은근히 이서하가 도발에 걸려 주길 바라면서 말이다.

'차라리 곤장을 때려라. 그러면 난 편하게 누워 있다가 일만 냥 받지 뭐.'

곤장을 때리는 순간 이서하의 탈락은 확정이니 말이다.

하지만 이서하는 표정 변화 없이 말했다.

"좋아. 훈련을 하기 전에 너희들에게 할 말이 있다. 모두 이 앞에 앉아라."

나홍기는 동료들을 돌아본 뒤 어깨를 으쓱하며 바닥에 앉았다.

'뭐 보상이라도 준다고 말하려나?'

선인 시련에 참여하는 이들은 대부분 대가문 출신인 만큼 신뢰를 얻기 위해 미래를 약속한다.

예를 들어 이번 시험이 끝나면 가문의 직속 무사로 고용해 준다든가, 자신이 선인이 되면 이끌어 주겠다든가, 그런 것들 말이다.

하지만 이서하는 그럴 수 없다.

아무리 청신이 떠오르는 신흥 강자라고 하더라도 운성은 4대 가문의 일원으로 이 나라 대들보 중 하나이니 말이다.

그런 의미로 이서하가 어떤 제안을 하더라도 운성 측에 남아 있는 것이 낫다.

'그걸 저놈이 모를 리가 없는데.'

그럼 남은 건 뭐가 있을까?

'돈이라도 주려나?'

그러나 푼돈을 받고 운성을 배신할 멍청이는 이 세상에 없다.

특히 이번 일을 잘 해내면 모두 운성에서 자리를 잡을 수 있다 여길 텐데 몇백 냥으로는 넘어갈 리가 없다.

그렇게 생각할 때 이서하가 입을 열었다.

"한 가주님이 나를 싫어한다는 건 잘 안다. 너희들도 한 가주가 시켰든 시키지 않았든 그에게 잘 보이고 싶겠지. 이해한다. 그래서 너희에게 선택지를 주려고 한다."

나홍기는 인상을 찌푸렸다.

쓸데없는 발버둥이다.

개인이 감당할 수 없을 정도로 어마어마한 보상이 아니라면 운성의 무사들은 절대 움직이지 않으리라.

"나는 너희들에게 두 당 100냥을 줄 생각이다."

역시나.

나홍기는 피식 웃었다.

이제 겨우 19살이 된 어린놈이니 배포도 작을 수밖에.

고작 100냥을 누구 코에 붙이려는 것인지 모르겠다.

그렇게 모두가 어이가 없다는 듯 웃을 때였다.

"이제부터 적을 한 명 제거할 때마다 100냥을 주마."

그 순간 모두가 침묵하며 이서하를 올려 보았다.

그 두(頭)가 아군이 아니라 적의 머리를 뜻하는 것이었다.

이서하는 쉬지 않고 말을 이어 갔다.

"적 30명을 다 제거하면 너희 모두 합쳐 한 판에 3천 냥을 가져가는 거다. 앞으로 8판 남았으니 2만 4천 냥이 되겠구나."

2만 4천 냥이라는 말에 무사들이 침을 삼켰다.

"그리고 가장 많은 적을 제거해 수훈갑이 된 무사에게는 포상으로 제거한 수의 2배를 줄 것이다."

한마디로 한 사람이 10명을 제거해 수훈갑이 되면 2배인 2천 냥을 가져가는 것이다.

상상치도 못한 가격에 모두가 넋을 잃고 있을 때 이서하가 나홍기를 보며 말했다.

"선택은 자유다. 그럼 훈련 대신 다 같이 해장이나 하러 가자. 따라와라."

나홍기는 몸을 일으키는 동료들을 돌아봤다.

모두 고민 가득한 얼굴이었다.

중급 무사의 연봉은 약 200~300냥 정도였다.

그것도 운성이라 그 정도지 다른 곳은 덜 받는 곳도 부지기수였다.

그런데 모의 전투에서 고작 두 명만 제거해도 일 년 치 연봉이 나온다.

'이런 썅.'

만약 동료들이 이서하를 선택해 제대로 싸우기 시작한다면 일만 냥을 받기로 한 나홍기는 빈털터리가 될 수 있었다.

'아니지, 책임지고 탈락시키라 했으니…….'

실패한 것에 따른 책임도 져야 할 것이다.

“어이, 친구들. 설마 저런 말에 속는 건 아니지? 야, 최소 2만 4천 냥을 내놓는다는 게 가능해? 고작 시험 한 번 치르는데? 말도 안 되지. 그럴 돈도 없을걸?”

“……어, 그렇지. 그럴 거야. 에이, 그럴 돈이 어딨어? 가서 해장이나 하자.”

“그래, 그래. 잘 생각했어. 운성에서 평생 일하면서 벌 돈을 생각하자고. 우리 꽤 잘살잖아.”

나홍기는 동료에게 어깨동무하면서 정색했다.

거짓말일 것이다.

그러나 나홍기는 가장 중요한 사실을 모르고 있었다.

이서하가 태인에서 얼마를 벌었는지를 말이다.

미시가 되고 두 번째 모의전이 시작되었다.

“저런 헛소리에 현혹되지 마. 운성에서 쫓겨나면 국군에 들어가 박봉에 목숨을 걸어야 해. 알겠지?”

“걱정하지 마라, 홍기야. 우리 그렇게 멍청하지 않아.”

동기의 말에도 나홍기는 표정을 굳혔다.

그의 동기와는 달리 젊은 무사들은 생각에 잠긴 것만 같았다.

만약 이서하의 제안이 사실이라면 이번 기회에 한몫 단단히 챙길 수 있는 만큼 다들 머릿속으로 계산하고 있을 게 분명했다.

'망할, 생각보다 강하게 나왔어.'

나홍기 또한 계산을 시작했다.

'남은 전투는 총 8번.'

현실적으로 보아 한 번에 3명씩만 탈락시켜도 2,400냥이다.

그것만 하더라도 8년 치 연봉이다.

거기에 수훈갑으로 선정된다면 더 많은 돈을 벌어갈 수 있겠지.

고민이 될 수밖에 없다.

나홍기는 불안한 마음에 한마디를 더했다.

"약속을 지킬 리가 없어. 나중에 일괄 지급한다고 해 놓고 한 푼도 안 줄 거야."

"네, 그렇겠죠."

후배 무사들이 미심쩍게 고개를 끄덕이고 이윽고 모의 전투가 시작되었다.

나홍기는 이번에도 적당히 싸우는 척하다 후퇴할 생각이었다.

"전투 시작!"

이서하는 아무 말도 하지 않았다.

그저 체념한 듯이 전투를 내려다볼 뿐. 대부분의 후배들 또한 원래 작전대로 적당히 뒤로 물러나고 있었다.

그런데 그 순간이었다.

"우오오오!"

한 후배가 앞으로 달려 나가 적을 밀어냈고 그에 동조한 다른 한 명이 뒤를 따랐다.

화들짝 놀란 적이 당황하는 사이 두 사람은 총 3명을 탈락시킨 후에야 선 밖으로 밀려났다.

그렇게 두 번째 모의전이 끝나고 두 무사는 아쉽다는 듯 말했다.

"후우, 아, 둘이서는 3명이 끝이네."

"그러게. 그래도 약속대로면 우리 둘이 300냥 아니냐?"

"약속을 지킨다면 말이지."

두 후배 무사가 떠드는 소리를 듣던 나홍기는 이를 악물며 다가갔다.

"야 이 새끼들아! 내가 그냥 지라고 했지? 왜 시키지 않은 짓을 해?"

흥분한 나홍기를 이상하게 쳐다보던 무사들은 고개를 갸웃하며 말했다.

"선배, 그냥 해 본 겁니다. 이서하 저놈이 약속을 지키는지 안 지키는지 보려고요. 어차피 졌으니 상관없는 거 아닙니까?"

"뭐? 야, 단체 행동에서 누가 네들 멋대로 그러래?"

나홍기의 반응을 이해할 수 없던 후배 무사들은 고개를 절레절레 흔들며 말했다.

"아니, 이렇게 해서 돈을 주면 좋은 거고 아니면 말고. 그런 거 아닙니까? 걱정하지 마세요. 우리도 운성에서 해 먹고 싶으니까."

그때 나홍기의 동기가 다가와 말했다.

"그래, 그래. 홍기야. 왜 애들한테 뭐라고 그러냐? 너희도 그런 행동 할 거면 미리 말이라도 해 줬어야지. 놀랐잖아."

"죄송합니다."

"똑바로 해라."

나홍기는 그렇게 신신당부한 뒤 몸을 돌렸다.

이윽고 이서하가 다가와 말했다.

"모두 모여라. 훈련장으로 간다."

이서하의 표정은 굳어 있었다.

예상치 못한 후배들의 돌발 행동이 있었으나 고작 셋을 탈락시켰을 뿐.

어차피 결과는 바뀌지 않았다.

'한 소리 하려는 건가?'

포상을 걸었음에도 결과가 바뀌지 않으니 초조할 테지.

이런 상황에서 이 시대 최고의 기린아(麒麟兒)라고 불리는 이서하는 어떤 말을 할까?

뻔한 반응을 보이며 윽박지를까? 자기는 꼭 약속을 지키니 제발 싸워 달라고 빌까?

그가 무슨 소리를 하든 변하는 것은 없겠지만 한번 그의 발악을 들어 볼 생각이었다.

이서하의 앞에 선 나홍기는 조소와 함께 말했다.

"죄송합니다. 역량 부족으로 밀려 버렸네요."

"아, 그래. 전투는 봤다."

이서하는 표정 변화 없이 말했다.

'뭐야? 벌써 포기한 거야? 재미없게.'

끝까지 발악하며 열을 내야 재밌을 텐데 말이다.

나홍기가 그렇게 생각할 때였다.

"내가 너희들을 모은 이유는 이번 전투에 대한 정산을 위해서다. 변승원! 가지고 들어와라."

"네, 네! 단주님."

변승원이라 불린 남자는 화려한 문양이 그려진 상자를 들고 들어왔다.

"이번 모의전에서 총 3명의 적을 탈락시켰으니 바로 정산에 들어가겠다. 거기 둘. 앞으로 나와라."

이서하는 앞으로 달려가 싸운 두 사람을 가리켰다.

두 무사가 어리둥절한 얼굴로 나오고 이서하는 엽전 꾸러미가 든 상자를 열었다.

안에는 딱 봐도 엽전이 가득했다.

이서하는 엽전 꾸러미 하나를 꺼내 한 명을 탈락시킨 무사에게 건넸다.

"너는 한 명을 탈락시켰으니 100냥이다."

"아, 예."

100냥을 든 무사는 고개를 돌려 동료들의 눈치를 보았다.

포상을 준다는 것이 모의전이 끝난 바로 직후일 것이라고는 그 누구도 상상하지 못한 것이다.

2명을 제거한 무사는 긴장한 얼굴로 자신의 차례를 가리켰다.

이서하는 엽전 꾸러미를 4개 꺼낸 뒤 무사의 앞에 놓았다.

"그리고 너는 400냥이다."

"……저는 두 명만 밀어냈는데요?"

"그래, 두 명. 네가 수훈갑이다. 그러니 2배지."

"지, 진짜입니까? 졌는데?"

"받아라. 약속한 돈이니 사양할 것 없다."

"그럼 감사히 받겠습니다."

고작 둘을 밀어내고 연봉 이상을 번 셈이었다.

무사가 뭔가에 홀린 듯 엽전을 바라볼 때 서하가 말을 이어갔다.

"다음 경기도 잘 부탁한다."

"네? 네! 열심히 하겠습니다."

"그리고 내일부터는 이 옷을 입고 모의전을 치를 것이다."

변승원은 기다렸다는 듯이 옷을 펼쳤다.

평범한 무복이었으나 앞과 뒤로 큰 번호가 적혀 있었다.

"정산을 더 쉽게 하기 위함이니 내일부터는 모두 입고 싸워 주길 바란다. 이상이다. 해산하라."

이서하가 떠나자마자 운성의 무사들 사이의 분위기가 바뀌었다.

모두 400냥을 받은 무사에게 달려가 엽전 꾸러미를 확인하기 바빴다.

"야야! 그거 진짜야? 진짜 400냥이야? 가짜 돈 아니지?"

"와, 미친, 이거 진짜 주는 거였어? 그 자리에서 바로?"

"아! 나도 한 명만 떨어트릴걸."

"그러게. 아니, 난 셋만 떨어트릴걸! 그랬으면 내가 수훈갑이라 600냥이잖아! 다음 전투는 나도 낀다."

"야, 근데 다음 전투도 이렇게 정산해 줄까? 이번에는 탈락시킨 적이 적어서 보여 준 거 아니야?"

"아니야, 아니야. 저 이서하 대장 부하가 들고 온 엽전 상자 봤지? 그게 다 몇 개야? 다 합치면 10만 냥은 될걸?"

듣자 듣자 하니까 이 자식들이.

후배들의 말에 열 받은 나홍기는 벌떡 일어나며 말했다.

"야! 지금 배신하겠다는 거야?"

나홍기는 후배가 받은 엽전 꾸러미를 살폈다.

"너 동료들이랑 운성을 배신하고 그거 받으니까 좋냐?"

무사는 배신이라는 말에 참지 못하고 위협적으로 일어나며 반문했다.

"아까부터 배신, 배신. 장난하십니까? 어차피 우리가 졌으니까 된 거 아닙니까?"

"너 때문에 애들 분위기 이상해졌잖아. 어쩔 거야?"

"그냥 용돈 벌이도 못 합니까? 막말로 말만 하는 운성보다 그 자리에서 정산해 주는 이서하가 훨 낫구만."

"너 그 발언 책임질 수 있냐? 내가 바로 보고할 거야."

"하세요. 그럼 다 이겨 버리고 청신에 붙죠. 진짜 너무하네. 같은 중급 무사면서."

"이 새끼가 지금 얻다 대고……!"

나홍기가 손을 들자 그의 동기가 달려와 말했다.

"참아! 참아! 야, 그리고 짬밥이 있는데 대우는 해 줘라."

"……너무 뭐라고 하니까 그렇죠. 부러워서 그런가."

이번 일만 마치면 일만 냥인데 부럽겠는가?

"에이씨, 가자. 가."

나홍기는 동기들과 함께 멀어졌다.

불안감이 그를 엄습하고 있었다.

Chapter 61.

Chapter 61.

두 번째 모의전도 패배다.

하지만 여기까지는 예측한 바였다.

'그래도 다행이지. 두 번째 모의전에서는 두 명이라도 상대와 싸워 주었으니까.'

아무도 싸워 주지 않았다면 포상을 주는 것도 불가능했으리라.

하지만 누군가는 400냥을 받아 갔다.

이것은 불신의 씨앗이 될 것이다.

'싸워 주기만 하면 된다.'

운성에서 선택한 중급 무사들이다.

중급 무사들 중에서는 실력 있는 편에 속하겠지.

이들이 제대로만 싸워 준다면 전술 같은 건 필요 없다. 어차피 다른 부대의 무사들도 적당히 몸을 사려 가며 모의전을 하고 있을 테니까.

그때 박민아가 내 엉덩이를 발로 툭 건드리며 말했다.

"야, 괜찮아?"

"괜찮습니다. 여기까지는 예상한 바입니다."

"아니, 진짜 괜찮냐고. 벌써 다른 사람들은 넌 탈락 확정이라고 여기고 있어. 보약이라나 뭐라나."

"그렇게 생각해 주면 고맙네요."

방심해 주면 더 이기기 쉬울 테니 말이다.

"들어 보니까 너 훈련도 똑바로 안 한다며?"

"어떻게 아십니까?"

"다들 서로 염탐하는 건 알지? 어쩌려고 그래? 무사들 휘어잡을 방도는 있고?"

"있죠. 돈맛을 보여 줬으니 반응이 나올 겁니다."

"하아."

박민아는 한숨을 내쉬었다.

"돈으로 안 되는 것도 있어. 실제로 너 두 번째 모의전도 그냥 졌잖아."

박민아도 아직 어리구나.

나도 언젠가는 저런 말을 한 적이 있다.

돈으로 살 수 없는 것이 있다고.

물론 사실이다.

나라님이 돈이 없어 병으로 죽겠는가? 젊음도 돈으로 살 수 없고, 초절정 고수가 되고 싶어도 돈으로는 불가능하다.

그러나 서민들에게 있어 돈은 신이다.

이들은 나찰보다도, 왕권보다도 돈을 더 두려워하고 숭배한다.

그러니 박민아는 이해할 수 없을 것이다.

돈이 모든 것을 해결한다는 그 개념을.

"그건 이미 돈이 충분할 때 얘기고요. 민아 선배는 모릅니다. 가난이 얼마나 개같은지."

"……너 진심으로 하는 소리야? 너도 모르잖아. 청신에서 태어나 놓고."

"하지만 무사들은 알죠."

선인 시련에 강제로 동원될 정도로 힘없는 중급 무사들에게 100냥은 결코 무시할 수 없는 돈이다.

그때 시험관이 다가와 말했다.

"이서하 부대, 준비해라."

난 박민아를 뒤로하고 자리에서 일어났다.

"그럼 다녀오겠습니다."

이윽고 나의 세 번째 모의전이 시작되었다.

◆ ◈ ◆

이서하가 시킨 대로 번호가 적힌 무복을 입은 나홍기는 불안한 얼굴로 동료들을 바라보다 말했다.

"적당히 싸워라. 적당히. 알았냐?"

하지만 후배 무사들은 들은 척도 하지 않고 자기들의 말을 이어 갔다.

"야야, 너 나랑 붙어 다녀. 누가 얼마를 먹든 반반이다. 알았지?"

"알았다니까."

"한 사람한테 몰아줘야 해. 수훈갑이 되면 정확하게 나누는 거고."

운성의 무사들은 각자 조를 짜기 시작했다.

작게는 2명, 많게는 4명.

그래서인지 훈련 한 번 한 적이 없음에도 이들은 그럴듯한 진을 짜고 있었다.

그리고 나홍기가 뭐라고 할 새도 없이 전투가 시작되었다.

"전투 시작!"

시작과 동시에 운성의 무사들이 달려들었다. 중급 무사들 중 가장 젊은 이들로 구성된 10명이었다.

하지만 적과 싸우는 것은 그 10명뿐. 나머지 20명은 뒤에서 구경할 뿐이었다.

상식적으로는 30명이 10명을 압살해야 하지만 전투 양상은 그렇게 흘러가지 않았다.

"100냥! 200냥! 300냥!"

"죽여! 죽여! 죽이라고!"

"수훈갑 먹자! 수훈갑!"

적을 하나 밀어낼 때마다 무사들은 실성한 것처럼 외쳤다.

정말로 전장에 나온 것처럼 그들은 흥분한 상태였다.

나홍기는 인상을 쓰며 말했다.

"쟤들 왜 저래?"

선인 시련에 동원된 중급 무사들은 서로 적당히 하자고 말을 맞춰 놓은 상태였다.

그러나 지금 저 10명은 적당히 하고 있지 않다.

얼마나 이를 악물고 싸우면 상대 30명이 10명에게 밀리겠는가?

나홍기는 불안한 마음에 말했다.

"슬슬 들어와라! 이 정도면 충분하잖아!"

하지만 그때였다.

"야, 우리도 가자. 이거 뒤에서 가만히 있는다고 뭐가 되는 것도 아니잖아."

"그래, 1승 정도 한다고 이서하가 통과하는 것도 아니고."

동료들이 실시간으로 돈을 버는 것을 보면서도 가만히 있을 수 있는 인간은 없다.

이윽고 뒤에서 관망하던 무사들도 하나둘 움직이기 시작했고 나홍기는 당황한 듯 말했다.

"야! 너희들 어디 가?"

"저희도 조금만 벌고 오겠습니다. 걱정하지 마세요. 적당히 할 거니까."

"야! 이 새끼들이 진짜. 너 한 가주님한테 찍히려고……."

그러나 무사들은 나홍기의 말을 무시하고 상대를 향해 달려들었다.

그렇게 어지러운 전투가 벌어지기를 한참.

적이 대부분 탈락하자 나홍기가 외쳤다.

"그만하라고 이 새끼들아!"

의미 없는 외침이었다.

모의전은 욕망의 전장으로 바뀌었다.

조를 짜서 움직이던 첫 10명은 자신의 조장을 수훈갑으로 만들기 위해 경쟁을 하고 있었으니 말이다.

"야, 저쪽 몇 명 잡았어?"

"아까 5명 잡았다고 하더라고."

"아이씨, 그럼 우리 둘 더 잡아야 하잖아."

그래야 수훈갑이 되어 2배를 받을 수 있을 테니까.

이제 남은 적의 숫자는 고작 4명.

빨리 움직여야만 한다.

"딱 둘만 더 잡아!"

하지만 그렇게 둘을 더 잡는 사이 경쟁 조에서 나머지 둘을 더 잡았다.

그렇게 상대 30명이 전부 선 밖으로 밀려났다.

"이런 미친놈들이……!"

나홍기는 동시에 지휘관석에 있는 이서하를 돌아봤다.

여유롭게 다리를 꼬고 앉아 조소를 흘리는 남자.

이서하의 모의전 첫 승이었다.

모든 것이 나의 생각대로 흘러갔다.

'운성이 큰돈을 썼을 리가 없지.'

그렇다면 두당 100냥만으로도 당연히 이런 상황을 만들어낼 수 있었다.

"수고했다. 첫 승 감사하게 생각한다. 노력한 만큼 보상해야 하는 법. 정산을 시작한다."

나의 말에 운성의 무사들이 눈을 밝혔다.

"그럼 1번. 0명이다. 넘어가지."

절정의 고수는 찰나의 변화도 인지할 수 있어야만 한다.

절정 초입에 오른 나에게 중급 무사 30명의 전투 상황을 살피는 건 쉬운 일이었다.

난 마지막으로 수훈갑을 불렀다.

"8번 무사 앞으로 나와라. 너는 7명을 처리해 총 1,400냥이다."

한껏 기대한 무사는 꾸벅 고개를 숙이고는 먹이를 기다리는 아기 새처럼 나를 바라봤다.

그렇다면 기대에 응해 줘야지.

수훈갑은 엽전 꾸러미로 정산을 받은 다른 무사들과 다를 필요가 있다.

나는 은괴(銀塊) 14개가 든 화려한 상자를 내밀었다. 상자 자체의 값어치만 따지더라도 20냥은 족히 되는 물건이었다.

수훈갑은 특별할수록 좋다. 그래야만 다들 수훈갑이 되기 위해 더 열심히 싸워 줄 테니까.

일종의 상징성을 주는 것이다.

"자, 확인해 보아라. 상자는 가져도 좋다."

무사는 눈으로 은괴를 세어 보고는 활짝 웃으며 말했다.

"감사합니다!"

"그리고 몇 가지 추가할 사항이 있다."

그렇게 정산이 끝나고 나는 몇 가지 말을 더했다.

"처음 적을 탈락시키는 것과 마지막으로 적을 탈락시키는 경우 각각 5명분으로 쳐주겠다."

"그 말은……."

"500냥이다. 수훈갑을 선정할 때도 5명을 제거한 것으로 하겠다."

돈이 많아서 퍼 주려는 것은 아니다.

난 전술 지시를 할 수 없는 상황이다.

겨우 싸울 마음이 들게 했는데 괜히 이거 해라 저거 해라 말하는 것은 역효과만 날 테니까.

그러나 한 가지 지시해야만 하는 부분이 있었다.

바로 첫 돌격이었다.

모두가 몸을 사리는 모의전인 만큼 첫 돌격에는 승패가 갈리는 경우가 많았다.

'이번에는 상대가 방심한 덕에 이긴 것이다.'

이번 모의전처럼 고작 10명이 달려들었다가는 잘 정비된 상대에게 각개 격파당할 가능성이 크다.

다음에도 그런 요행이 통할 리가 없었다.

그러니 첫 돌격만큼은 다른 그 어떤 부대보다도 맹렬해야만 한다.

그렇기에 처음으로 적을 탈락시키는 이에게는 5명분을 주는 것이다.

'수훈갑이 될 욕심이 있다면 최대한 맹렬하게 달려들겠지.'

그리고 마지막 적에게도 현상금을 걸었다.

이는 무사들의 욕망을 자극하기 위함이었다.

'적당히 벌고 빠지고 싶은 생각이 없어질 거야.'

한 명만 욕심을 부려 마지막 적을 제거하려 한다면 일부러 패배한다는 선택지는 사라진다.

막판 역전으로 수훈갑이 될 수도 있을 테니 말이다.

"만약 적이 도망쳐 마지막 적을 제거한 이가 없다면 내 주관적 판단으로 가장 크게 활약한 이에게 500냥을 줄 것이다.

그리고 마지막으로…….”

이 부분이 중요하다.

“그럴 리는 없겠지만 혹시라도 운성에서 잘리면 나한테 와라. 청신에서 고용해 주마.”

물론 솔직히 말해 운성이 청신보다는 몇 배나 더 좋다.

아무리 수도와 붙어 있어도 청신은 시골이고 운성은 이 나라 최대 도시니까.

하지만 괜한 걱정거리를 없애 주기에는 충분하다.

적어도 백수가 되거나 왕국군이 되어 위험한 원정을 떠나지는 않을 것이라는 확신은 줘야지.

무사들은 무표정하게 손뼉을 쳤다.

대놓고 좋아하기는 좀 민감한 사안이긴 하다.

“그럼 적당히 쉬다가 모의전 시작 전에 모이도록. 훈련은 없다.”

“넵!”

이 말에는 솔직하게 환호하는 무사들이었다.

애초에 훈련한다고 뭐가 달라질까?

‘이번 시험에서 가장 중요한 건 동기를 부여해 주는 것이다.’

적당히 자원봉사나 하다 갈 생각인 중급 무사를 필사적으로 만드는 것.

그것이 두 번째 시련의 핵심이다.

그렇게 무사들이 떠나고 나는 고개를 숙이고 앉아 있는 나홍기를 바라봤다.

'네가 책임자겠지.'

그게 아니라면 나홍기도 분위기에 올라타 열심히 싸웠을 테니 말이다.

상태를 보아하니 아직 포기를 하지 않은 것만 같다.

"전가은 씨."

그렇게 운성의 무사들이 떠난 뒤 난 후암에 부탁해 빌려 온 전가은을 불렀다.

"네, 이서하 무사님."

"나홍기를 계속 관찰해 주세요."

이제 한번 보자.

나홍기가 어떻게 하는지 말이다.

◆ ◈ ◆

"이거 진짜 돈이 되는구나."

"벌써 이게 몇백 냥이야?"

"한탕하고 청신으로 이사하는 것도 나쁘지 않겠는데?"

나홍기는 후배들의 마음을 돌릴 수 없다는 사실을 인정할 수밖에 없었다. 게다가 그와 친한 동기들도 흔들리고 있었다.

"홍기야. 우리도 다음 모의전부터는 그냥 싸우자."

"그래, 우리가 조를 짜면 가장 많이 죽일 수 있을 거 아니야? 어차피 재들이 저렇게 싸우면 이서하 탈락은 물 건너갔다. 지금이라도 청신에 잘 보이자고."

나홍기는 고개를 숙였다.

너희들이야 그렇겠지.

나홍기는 절대로 일만 냥을 포기할 수는 없었다.

인제 와서 열심히 싸워 봤자 일만 냥을 벌 수 있을 리가 없으니까.

'매판 수훈갑이 되어서 대충 4,000냥을 번다고 치고 4명이 나눠 가지면 1,000냥. 그러면 남은 6판을 다 이겨도 6,000냥. 절반 정도네.'

그것도 첫 번째 적과 마지막 적을 제거한 뒤 수훈갑이 되었을 때의 이야기다.

하지만 빠르게 결정을 내려야 한다.

"생각 좀 해 보고."

"야, 이미 끝났어. 다들 조금이라도 더 활약하려고 난리가 났다고."

나홍기는 말없이 자리에서 일어나 번화가로 향했다.

수도에 있는 운성 지부로 향한 그는 자신에게 일을 맡겼던 상관을 찾았다.

수도 지부의 지부장이자 운성에서 떠오르는 차기 가주 후보.

30대 중반의 백의선인인 한태규였다.

가주 한백사에게는 종손(從孫)으로 직계인 한영수가 실망

스러운 모습을 보이자 빠르게 치고 올라온 인물이었다.

멋들어진 백의를 입은 한태규는 나홍기를 발견하고는 말했다.

"그래, 나 무사. 일은 잘 진행되고 있나?"

"한 지부장님. 그게 문제가 생겼습니다."

나홍기는 솔직하게 전부 털어놓았다.

이서하가 적을 탈락시킨 만큼 돈을 주기로 약속했고 이에 혹한 후배 무사들이 약속을 무시하고 싸우고 있다는 것을 말이다.

"멍청한 놈들이 눈앞의 이익에 현혹되어 청신 놈의 말을 듣고 있습니다."

"그래? 이상하네. 일만 냥의 포상을 약속한 거 같은데. 그것보다 더 많은 돈을 준다는 것이냐?"

"네, 그렇습니다."

나홍기는 자기 혼자 먹으려고 했다는 말은 쏙 빼놓았다.

이서하가 더 큰 돈을 건 것도 사실이니 말이다.

한태규는 턱을 만지작거리다 말했다.

"그래서? 하고 싶은 말이 뭐지?"

"조금만 더 자금을 지원해 주신다면 제가 책임지고 후배 놈들을 설득하겠습니다."

"얼마나?"

"그게……."

최소 두 당 3,000냥은 되어야 하지 않을까?

모두 일확천금의 꿈에 부풀어 있었으니 500냥, 1,000냥으로는 눈 하나 깜빡하지 않을 것이다.

총 30명이니 9만 냥.

거기에 자기가 챙길 일만 냥까지 생각한다면…….

"10만 냥입니다."

"하하하! 진심이냐? 그렇게 큰돈을 쓸 생각이었다면 그냥 내가 한마디 했지 굳이 너를 시켰겠느냐?"

"그, 그건……."

나홍기가 고개를 숙이자 한태규는 피식 웃으며 말했다.

"그래, 그래. 하고 싶은 대로 해 봐라. 돈이야 아낌없이 주도록 하지. 이서하 그놈은 꼭 떨어트리고 싶으니까."

"감사합니다! 꼭 기대에 부응하도록 하겠습니다."

"그래야 할 거야."

한태규는 표정을 싹 굳히고는 말했다.

"난 무능한 사람이 가장 싫거든."

"……명심하겠습니다."

"좋아. 그럼 알아서 설득해라."

"네, 지부장님."

한태규는 신이 나서 밖으로 나가는 나홍기를 바라보며 말했다.

"영수가 당할 만하네."

나이도 어린 게 일 처리가 빠르고 확실하다.

"그냥 잘 싸우는 놈은 아니라는 소리네."

한태규에게는 이서하가 선인 시험에서 떨어지든 올라가든 상관이 없었다.

이서하가 떨어지면 그를 떨어트린 한태규의 평가가 올라갈 것이고 만약 올라가면 한영수와 이서하가 직접적으로 비교될 테니 말이다.

"마음 편하게 구경해 볼까?"

이서하가 어떤 결과를 받아 드는지를 말이다.

다음 날.

나홍기는 의기양양하게 훈련장으로 향했다.

대충 한 시진 늦게 도착한 그는 먼저 모인 동료들을 발견하고는 고개를 갸웃하며 말했다.

"뭐야? 훈련이라도 하려고?"

"그래야 더 많이 벌죠. 이왕 이렇게 된 거 한몫 단단히 챙기고 운성 뜨렵니다."

후배들의 말에 나홍기는 고개를 절레절레 흔들었다.

"고작 한 판 이긴 거야. 나머지 다 지면 이서하 꼴등이므로 탈락인데 무슨 걱정이신가. 봐봐, 내가 한태규 지부장님에게 약속을 받아 왔거든."

나홍기의 말에 후배 무사들이 모두 고개를 돌렸다.

"무려 인당 3천 냥이다. 그것보다 더 벌 수 있을지도 모르는 모의전에 목숨 걸다가 운성에서 쫓겨나는 것보다는 낫잖아. 안 그래?"

"3천 냥이요?"

후배 무사들의 되물음에 나홍기는 웃으며 말했다.

"그래, 인마. 이 형이 너희를 위해서 그 큰돈을 받아 온 거 아니냐."

후배 무사들은 서로를 바라보다 피식 웃었다.

"와, 이서하 대장님 말이 맞았네."

"응? 이서하? 그게 무슨……."

상황 판단에 시간이 걸리는 순간이었다.

"1번. 욕심이 그렇게 많으면 어떡해?"

뒤쪽에서 이서하가 나타나며 말했다.

"자기 몫으로 일만 냥이나 가져가는 건 좀 아니지. 안 그래?"

순간 나홍기의 얼굴이 하얗게 질렸다.

'그걸 네가 어떻게 알아?'

차마 입으로 내뱉을 수 없는 질문이었다.

◆ ◈ ◆

전가은의 보고를 들은 나는 나홍기를 제외한 다른 무사들을 불러 말했다.

나홍기가 포상금 일만 냥을 빼돌릴 생각이었다고 말이다.

하지만 그것을 곧이곧대로 믿는 이는 없었다.

그래도 나홍기 이 자식이 꽤 자기 평판 관리는 잘해 놓은 듯싶었다.

“설마 선배가 그럴 리가요.”

“어디서 들은 정보입니까? 확실한 거죠?”

난 그렇게 반문하는 무사들에게 말했다.

곧 나홍기가 와 지부장과 담판을 지어 3천 냥의 포상을 약속받았다고 말할 것이라며 말이다.

“하지만 나홍기가 약속받은 포상금은 총 10만 냥이다. 즉 여전히 일만 냥은 자기가 먹겠다는 생각이지.”

내 말에 무사들은 표정을 굳혔다.

“더 왈가왈부할 필요 없다. 나홍기가 와서 하는 말을 듣고 판단해라.”

그리고 바로 이 사태다.

나홍기는 나의 예상대로 신이 나서 떠들었다.

3천 냥을 약속받았고 그게 전부 자신의 공인 양 말이다.

남자들 사이에서는 돈으로도 쉽게 해결할 수 없는 것이 몇 가지 있다.

그것은 바로 의리다.

한번 저버린 의리를 복구하기 위해서는 3천 냥이 아니라 3만 냥으로도 힘들 수 있다.

나는 불신 가득한 얼굴로 나홍기를 바라보는 무사들에게 말했다.

"판단은 너희에게 맡기겠다. 물론 나를 위해 일하는 자에게는 청신에서 자리를 마련해 줄 것이다. 그럼 모의전에서 보자."

나는 슬쩍 자리를 비켜 준 뒤 멀찌감치 물러서 상황을 지켜보았다.

나홍기가 뭐라고 무사들에게 외쳤으나 그와 친하던 동기마저도 등을 돌렸다.

이윽고 모의전이 시작되고 나의 상대는 민아 선배였다.

"져 줄까? 너 벌써 2패잖아. 난 3승째거든. 한 판 져 줘도 되는데."

"그럴 필요 없을걸요?"

아무래도 필기시험에서 진 빚을 여기서 갚을 생각일 텐데 그건 이렇게 갚으면 섭섭하지.

나중에 두고두고 이용할 생각이니까.

"좋아, 그럼 3패 하고 울지나 마라. 너 4패 하면 간당간당한 거 알지?"

"그럼요. 걱정하지 마세요."

그렇게 박민아와 나는 각자 지휘관의 단상으로 올라갔다.

"전투 시작!"

시작을 알리는 징 소리와 함께 운성의 무사들, 아니 이제 나의 무사들이 앞으로 달려 나가기 시작했다.

“우오오오오!”

가장 먼저 적을 탈락시키겠다는 불굴의 의지.

아름답지 않은가.

반대편에서 당황한 박민아가 소리쳤다.

“막아!”

당황한 무사들에게 박민아의 지시는 전달되지 않았다.

그에 반해 운성의 무사들은 이성이 날아간 것처럼 날뛰었다.

“죽여어어어어!”

“한 놈만 잡아! 선취점은 우리가 가져간다!”

박민아 측 무사들이 당황하는 것이 느껴졌다.

“이 미친 새끼들!”

서로 적당히 하기로 한 모의전에서 죽기 살기로 덤비니 당황스러울 수밖에.

나는 전장을 살피면서도 홀로 가만히 서 있는 나홍기를 내려다보다 말했다.

“1번. 안 싸울 건가?”

나홍기는 나를 올려 보고는 숨을 내쉬며 외쳤다.

“으아아아아아!”

그리고는 검을 꼬나 잡고 앞으로 달려 나가기 시작했다.

“다들 꺼져! 수훈갑은 내 거다!”

이제 운성의 무사들은 내 것이 되었다.

모의전의 결과가 나오고 이정문은 전적표를 살폈다.

1등은 박민아였다.

중간에 이서하에게 한 번만 진 그녀는 부하들을 휘어잡아 나머지 전투를 전부 승리했다.

이서하는 7승 2패.

첫 2패를 제외하고는 가장 압도적이라고 할 수 있었다. 유일하게 무사들이 목숨 걸고 싸워 준 후보였으니 그의 통솔력만큼은 인정하지 않을 수 없었다.

'운성의 무사들을 그렇게 빨리 휘어잡을 줄이야.'

운성의 무사들은 작정하고 이서하를 떨어트릴 생각으로 싸웠다.

건성으로 검을 휘두르다 도망가기를 반복.

그러나 이서하는 그런 이들을 단 두 판 만에 휘어잡았다.

"소문이 완전히 과장된 모양은 아니네요."

청신의 기린아(麒麟兒).

그렇게까지 과장된 소문은 아닌가 보다.

하지만 그녀의 중얼거림을 들은 부하는 고개를 갸웃하며 말했다.

"그냥 돈으로 해결한 거 아닙니까? 청신 정도였으니 가능한 일이지 그냥 평민 무사였다면 아무것도 못 했을 텐데요."

"그것도 그거 나름 굉장한 일이죠. 돈으로 사람을 움직이는 건 생각보다 어려운 일입니다. 자칫 잘못하면 무사들이 가장 소중하게 여기는 것을 건드릴 수 있죠."

"가장 소중하게 여기는 것이요?"

"자존심."

무사들은 자존심 빼면 시체라는 말을 들을 정도였다.

그런 이들을 대놓고 돈으로 이용하려고 한다면 오히려 반감만 살 수 있다.

"돈이 있는 자들은 교만해집니다. 상대를 무시하며 돈으로 모든 것이 가능하다고 믿게 되죠. 하지만 이서하는 달랐습니다. 정확한 노동의 가치를 선정하고 그에 맞는 보상을 준 거죠."

두당 백 냥.

수훈갑에게는 추가 수당.

이러한 것이 무사들로 하여금 자신들이 정당한 노동을 하고 있다는 생각을 갖게 했다.

"그렇다고 또 너무 대접해 주면 부하들이 기어오르겠죠. 호의가 계속되면 권리라고 생각하니까요. 그런 의미로 이서하는 자신이 가진 자원을 잘 이용했다고 볼 수 있습니다."

이정문은 작게 숨을 내쉬며 마지막 시험의 내용이 적힌 죽간을 바라봤다.

"선인 시련도 정도가 중요하겠네요."

너무 어려워도, 쉬워서도 안 된다.

어쭙잖은 실력자는 털어 낼 수 있으며 선인이 될 자격을 갖춘, 그리고 되어야만 하는 그런 사람들만 선별해야 한다.

그래야 이 나라가 다시 정상으로 돌아올 테니까.

이정문은 그렇게 고민하며 마지막 선인 시련을 준비했다.

◆ ◈ ◆

2차 시련.

모의전이 끝이 났다.

7승 2패는 전혀 나쁘지 않은 결과였다.

민아 선배의 바로 뒤를 이어 2등이니 통과도 확정적이겠지.

모의전이 끝난 후 운성의 무사들은 한몫 단단히 챙겨 운성 수도 지부로 돌아갔다.

다행이라고 해야 할지 그들은 직장을 잃지 않았다.

'자르면 그게 더 웃기지.'

자원봉사에서 나를 위해 싸웠다고 무사들을 잘라 버리면 운성의 졸렬함을 전국에 알리는 셈이 되니 말이다.

그러나 나홍기는 바로 사직서를 내고 떠났다고 한다.

'그래도 많이 벌어 갔으니 걱정할 건 없을 거야.'

4번째 모의전부터 죽기 살기로 싸운 나홍기는 홀로 수훈갑까지 차지하면서 많은 돈을 벌어 갔다.

기존에 받기로 했던 일만 냥에 비하면 매우 적은 액수였지만 어쩌겠는가?

다 자기가 자초한 일인 것을.

그 이후 나홍기는 바로 수도군에 전입 신청을 했다.

자존심 때문이라도 청신에서 받아 달라는 말은 차마 할 수 없었을 것이다.

어쨌든 이제 마지막 3번째 시련만 남았다.

통과한 사람은 다섯 명뿐.

보통 한 해에 적게는 50에서 많게는 100명까지도 선인이 배출된다는 것을 생각하면 이례적으로 적은 수였다.

아니, 정확히 말하면 요즘 너무 많이 뽑는 것이기도 했다.

처음 선인 제도가 만들어진 것과 그 의의를 생각한다면 이렇게 10명 이하로 뽑히는 것이 맞으니 말이다.

"네가 나한테 1패를 안겨 줄 줄이야."

민아 선배는 씁쓸하게 말했다.

"전승을 할 수 있었는데. 쳇."

"그래도 1등 아닙니까?"

"그건 그래. 너 항상 수석이었는데 이번에는 내가 1등이네. 분하냐? 분하지?"

"필기에서 떨어진 거나 다름없는 사람은 별로 부럽지 않습니다."

"……너어는 정말 못됐구나."

사실인데 못됐다고 할 것까지 있나?

박민아와 잡담을 하는 사이 이정문이 단상으로 걸어 나왔다.

첫날 난리가 났던 시험장에는 이제 다섯 명만이 남아 휑했다.

할 일이 끝난 시험관들마저 보이지 않아 더 황량한 느낌이 들었다.

이정문은 피곤한 얼굴로 입을 열었다.

"2차 시련을 통과하신 것을 축하드립니다. 이제 마지막 시련입니다. 이번 시련은 만백산(萬白山)으로 가 설산백초(雪山白草)를 따 오는 것입니다."

만백(萬白)은 북쪽 끝에 있는 산이었다.

이름에서도 알 수 있듯이 만년설(萬年雪)이 깔린 높은 산이었으며 제국과의 국경 역할을 하는 만큼 일부러 마수의 수를 조절하지 않는 곳이었다.

만백산이라는 소리를 들은 무사들은 일제히 표정을 굳혔다.

그건 나도 마찬가지다.

생각보다도 더 위험한 임무를 준 것이었으니까.

그때 무사가 손을 들었다.

"만백산은 토벌하지 않아 마수가 우글거리는 곳입니다. 마수가 없다고 하더라도 눈보라가 시도 때도 없이 몰아치는 만백산의 꼭대기에 올라 영약을 찾으려면 목숨을 걸어야 하죠.

정말로 이게 마지막 시련입니까?"

"네, 맞습니다."

"운이 나쁘면 죽을 수도 있습니다."

"네, 그렇습니다."

이정문은 표정 하나 바꾸지 않고 말을 이어 갔다.

"처음부터 생존율 7할이라고 말했을 텐데요. 다섯 분이 가서 하나, 혹은 둘이 죽을 정도의 난이도라고 생각합니다."

"……."

다들 욕 한마디 하고 싶어 하는 분위기다.

모두가 침묵하자 이정문이 말했다.

"하지만 여기 남은 다섯 분은 이성적이고 실력이 있는 분들이니 자신의 역량을 잘 파악할 수 있을 거라고 믿습니다. 아직 자신의 실력도 정확히 파악 못 하는 무사가 남아 있다면 생존율은 7할이겠지만, 앞의 다섯 분은 다르겠죠. 만약 이것을 통과할 자신이 없다면 지금 포기해 주시길 바랍니다. 저 또한 그 누구도 죽지 않는 것을 원하니까요."

생존율 7할.

이 말은 절정의 고수 10명이 가도 3명이 죽는다는 말로 들릴 수 있겠지만, 결코 아니었다.

일종의 말장난.

실력 없는 놈은 죽을 만큼 어려운 시련이니 알아서 포기하라고 으름장을 놓는 것이나 다름없었다.

그렇게 고민하던 남자는 한숨과 함께 말했다.

"난 포기하겠습니다."

한 명이 포기하자 나머지 사람들도 빠르게 결정을 내렸다.

"저도 포기합니다. 아직은 선인 수준이 안 되는 거 같네요."

"나도 죽을 순 없지."

이제 나와 민아 선배 둘만 남았다.

나는 민아 선배보다 먼저 말했다.

"난 혼자서라도 갈 생각입니다. 전 참가하죠."

일 년이라도 더 빨리 선인이 될 필요가 있다.

상급 무사인 지금도 운이 좋아 소대를 운영하고 있지만 조금이라도 더 출세해 중대, 대대를 이끌기 위해서는 선인이라는 이름표를 달아야만 한다.

이정문은 혀를 차며 말했다.

"혼자서는 안 됩니다. 만약 이서하 무사님만 계속해서 시련을 받으시려고 한다면 다른 시련을 준비해야 하는데……."

이정문은 고민에 빠졌다.

나 혼자 가기에는 만백산이 너무 위험하다고 생각하는 것이겠지.

하지만 시련이라고 부를 만큼 위험하면서 또 혼자서 할 수 있는 임무를 찾기란 힘들 것이다.

'시간이 좀 걸리려나?'

그때 박민아가 말했다.

"누가 혼자랍니까? 나도 갈 건데."

신평은 박진범의 정예와 박수범, 그리고 그의 부하들까지 잃고 혼란스러운 시기를 겪고 있었다.

실력 있는 선인이 간절한 시기라는 뜻이지.

그런 의미로 박민아로서도 이번 기회를 놓칠 수는 없었다.

"둘이라……."

이정문은 고민하다 고개를 끄덕였다.

"알겠습니다. 그럼 두 분이 진행하는 것으로 하죠. 기한은 한 달. 한 달 이내에 돌아오지 못하면 바로 구조대를 보내겠습니다. 준비되는 대로 보고하시고 출발하시면 됩니다."

박민아는 미소와 함께 내 어깨를 두드렸다.

"이야, 단둘이서 할 줄은 몰랐는데? 잘 부탁한다."

"준비할 게 많겠네요. 만백이라니."

고도도 고도지만 경고도 없이 몰아치는 눈보라가 문제다.

자칫 잘못하면 고립될 수도 있으니 만반의 준비를 해 가야 한다.

'한 달이면 시간은 나쁘지 않네.'

수도 천일에서 만백까지의 거리는 그리 멀지 않다.

하지만 서두르는 편이 좋다.

설산백초는 영약급 약초. 쉽게 찾을 수는 없을 테니 말이다.

"내일 바로 출발할 거지? 그럼 가서 준비한다?"

"내일이요? 가능은 하지만……."

"좋아. 그럼 바로 출발!"

박민아는 신이 나서 떠났다.

그나마 신평 사람 중 가장 얌전하고 냉정한 줄 알았는데.

피는 속일 수 없나 보다.

"그나저나……."

민아 선배가 준비는 제대로 해 올까?

◆ ◈ ◆

변승원에게 물건을 구하라고 명령을 내린 뒤 다음 날.

나는 떠나기 전 친구들과 함께 아침을 먹었다.

"만백산을 간다고?"

"응. 그렇게 됐어."

"그게 어딘데?"

멍청한 얼굴로 나를 보는 상혁이었다.

"너 내년에 선인 시련 필기 통과할 수 있겠냐?"

"아린이가 있잖아. 네가 민아 선배 답안지 적어 준 것처럼 아린이가 적어 주지 않을까?"

그리자 아린이가 미소와 함께 말했다.

"그럴 일은 없을 거야. 상혁아. 머리 깨지게 공부해."

"와, 너무하다."

상혁이는 서운함을 숨기지 않았다.

공부하라는 게 왜 너무한 말인지 모르겠다.

성무학관은 어떻게 졸업한 거야?

“내가 써 줄까? 나도 공부 잘하는데.”

“그래! 민주가 있었지!”

“응.”

“민주야. 너도 선인 시련 치르려고?”

내가 묻자 박민주는 볼을 긁적이며 말했다.

“어…… 1차만 보면 되지 않을까?”

그냥 상혁이를 도와주고 싶을 뿐이구나.

그래, 그래.

사랑에 빠진 소녀의 마음이 그렇지.

아린이는 신경도 쓰지 않고 있다 나에게 물었다.

“만백산에는 마수들이 많을 텐데. 괜찮아? 초입까지만 같이 갈까? 무슨 일이라도 생기면 우리가 도와줄 수 있잖아.”

“그러면 감독관이 바로 탈락 도장을 찍을 거야. 워낙 깐깐한 사람이라.”

그 깐깐함으로 수만 무사들의 밥줄을 공급하지만 말이다.

“괜찮아. 별일이야 있겠어?”

“생존율 7할이라는 게 마음에 걸려서.”

그러자 상혁이가 말했다.

“그럼 서하가 했던 일 중에는 가장 생존율이 높네.”

“……생각해 보니 그렇네.”

아린이는 곰곰이 생각하다 충격받은 듯 말했다.

"상혁이가 옳은 말을 할 줄이야."

놀라는 이유가 좀 이상한데?

어쨌든 그렇게 아침 식사가 끝나고 나는 짐을 들고 박민아와 만나기로 한 장소로 떠났다.

"보고는 내가 했어. 오늘 사시(오전 9시)에 출발한다고."

"그건 감사합니다만……."

나는 가벼운 배낭 하나를 메고 있는 박민아를 살피고는 되물었다.

"그게 다입니까?"

"응? 그럼 이게 다지. 뭐가 더 필요해?"

내 배낭은 박민아가 준비한 것에 족히 4배는 되었다. 누가 신평 출신 아니랄까 봐 산에 대해 몰라도 너무 모른다.

"고산지대를 올라갈 때는 이렇게 해야 합니다. 꼭대기에서 뭘 먹을 겁니까? 잠은요? 유비무환입니다. 가져갈 수 있는 건 다 가져가야죠."

"오오, 그럼 나도 뭘 좀 가져갈까?"

"아뇨, 이럴 줄 알고 제가 다 준비했습니다."

"오, 너랑 같이 다니니까 편하네."

민망한 듯 히죽 웃는 박민아. 나는 그런 그녀의 앞으로 걸어 나가며 말했다.

"그럼 출발하죠."

그렇게 우리는 만백으로 향했다.

◆ ◈ ◆

약선(藥仙) 허운은 원정 준비를 마치고 대기하고 있었다.

날이 갈수록 신유철 국왕 전하의 용태가 나빠졌기에 만백으로 올라가 설산백초를 따 올 생각이었다.

'넘치는 양기를 다스릴 수 있겠지.'

전하의 균형이 깨진 지는 꽤 되었다.

음양조화신공으로 균형이 깨질 때마다 다시 맞춰 주고는 있었으나 그 빈도가 점점 빨라지고 있었다.

설산백초는 음기와 한기를 담은 영약.

이를 먹으면 몸 안에서 끓어오르는 양기를 다스릴 수 있을 것이다.

'그나저나 허가가 안 나오는구먼.'

잠시 자리를 비워도 되겠느냐는 요청을 한 지가 벌써 보름이 지났음에도 허가가 나오고 있지 않았다.

답답한 마음에 허운은 약방을 나와 신유철이 있는 궁으로 향했다.

"전하, 약선이 들었습니다."

"들라 해라."

허운은 허리를 숙여 인사를 한 뒤 바로 입을 열었다.

"전하. 일 주 전 요청한 원정의 허가가 아직 나오지 않아 찾아뵈었습니다."

"만백산으로 약을 캐러 간다는 그것 말이냐? 그건 운이 네가 가기 고될 거 같아 다른 사람을 알아봐 달라고 했다."

"다른 사람이요?"

허운이 놀란 듯 되묻자 신유철이 인상을 찌푸렸다.

"무슨 문제라도 있느냐?"

"……누가 간 것입니까?"

"이번에 선인 시련에 딱 어울리는 임무 같다며 감독관이 자신에게 맡겨 달라 했다더구나."

허운은 굳은 얼굴로 침을 삼켰다.

이틀 전 제자가 마지막 시련을 받기 위해 원정을 떠났다는 소리를 들었다.

순간 등줄기가 서늘해지며 심장이 내려앉는다.

"왜 그러느냐?"

"아무것도 아닙니다. 그럼 그렇게 알고 물러가겠습니다."

"……그래."

신유철은 뭔가 있다는 것을 눈치챘으나 더 묻지 않고 허운을 돌려보냈다.

허운은 곧장 병조로 향했다.

"여기 선인 시련 감독관이 누구냐?"

약선을 알아본 병조의 무사는 바로 이정문의 사무실로 그를 안내했다.

서류에 파묻혀 있던 이정문은 약선이 도착하자 고개를 갸웃하며 일어났다.

“약선님 아니십니까? 여긴 어쩐 일로…… .”

“선인 시련. 언제 출발했느냐?”

약선이 급하게 말하자 이정문은 영문을 알겠다는 듯 고개를 끄덕였다.

“제자를 찾고 계십니까?”

이미 이서하가 약선의 제자인 것을 알고 있는 그녀였다.

“만백산으로 시련 임무를 떠났습니다. 그런데 이리 급하게 어쩐 일이십니까?”

“내가 가겠다는 걸 왜 아이들을 시키나!”

약선이 외치자 놀란 이정문은 눈을 동그랗게 떴다.

하지만 이내 차분히 말을 이어 갔다.

“국왕 전하께서 직접 다른 사람을 알아봐 달라고 명을 내리셨습니다. 제자를 걱정하시는 마음은 알겠으나 만백산 정도를 몰래 다녀오지 못한다면 선인 자격이 없다고 생각합니다. 만백산은 과거 선인 시련에도 애용되었던 장소로…… .”

“과거에는 그랬겠지.”

약선은 가슴을 진정시키며 말했다.

“지금은 아니야. 이런 개 같은 상황이 다 있나? 언제 떠났지?”

“이틀 전에 떠났습니다. 그런데 지금은 아니라는 이유를 알 수 있습니까?"

"꼭 알아야겠나?"

"네, 아니면 이서하와 박민아를 탈락시킬 수밖에 없습니다."

선인 시련에 외부인이 관여해서는 안 된다.

그것이 대원칙이었으니까.

"이런 우라질. 네년이 지금 나를 협박하는 것이냐?"

"원칙은 원칙입니다."

"허 참."

약선은 어이가 없다는 듯 고개를 내저었다.

보통 이 정도로 말하면 물러나는데 말이다.

이정문은 그럴 기색이 안 보였다.

시간이 급한 만큼 허운은 바로 결정을 내렸다.

"절대 내가 말하는 것을 상부에 알리지 말아라. 알겠느냐?"

"절대 말하지 않겠습니다."

허운은 약조를 받자마자 말했다.

"만백산에는 마물이 있다."

"……."

침묵이 감돌았다.

이정문은 허둥지둥 정보부가 보내온 보고서를 찾아 확인한 뒤 말했다.

"보고서에는 그런 내용이 없습니다."

"당연히 그렇겠지. 어차피 출입 금지 지역 초입이나 정찰

하고 보낸 것 아니냐?"

"하지만 마물이 있다면 영역에 침범하는 모든 무사를 죽여야 합니다. 그 영역은 만백산 전역이 될 것이고요."

"그 마물은 안 그래! 어쨌든 그럼 내가 내 제자를 구하러 가도 되겠나?"

"네, 그러시죠."

선인 시련은 선인이 되는 최소한의 자격을 증명하기 위한 것이었다.

마물과의 싸움은 선인 그 이상의 존재들이나 할 수 있는 것.

이번 시련은 정도를 지나쳐 버렸다.

이정문은 작게 한숨을 내쉰 뒤 말했다.

"앞으로 그런 내용이 있다면 저한테라도 말씀해 주시길 바랍니다. 그래야 이런 실수가 나오지 않습니다."

"그걸 말하면 난 죽어도 만백산에 못 올라간다."

신유철은 허운을 아꼈다.

자신의 어의(御醫)이자 이 나라 모든 의원들의 스승인 약선을 마물이 있는 곳에 보낼 리가 만무했다.

마물이 있다는 것을 모르는 지금도 보내지 않고 있지 않은가.

"국왕 전하를 위해서는 앞으로 만백산에 계속 올라야 할 수도 있어. 그러니 이건 보고하지 마라."

"이해했습니다."

허운은 뒤도 돌아보지 않고 바로 밖으로 나왔다.

국왕 전하의 허가도 받아야 하고 또 만백산을 오르기 위해서는 방한 준비도 해야 하며…….

"망할."

하루, 하루가 아깝다.

지금, 이 순간에도 이서하와 박민아는 빠르게 만백산으로 향하고 있을 것이 분명했다.

당장 출발해야만 한다.

그렇게 생각할 때였다.

"할아버지. 서하한테 무슨 일이 있나요?"

마침 병조에 와 있던 아린이 약선을 발견하고는 물었다.

아린은 괜히 자신이 있던 곳을 가리키며 말했다.

"여기 광명대 임무비를 받으러 왔다가……. 그런데 서하에 대해서 이야기하신 거 맞죠?"

"그래, 맞다."

허운은 심호흡한 뒤 말했다.

"아린아, 지금 당장 만백산으로 가라. 초입에서 강진 형님을 만나서 꼭대기에 올라가 서하를 찾거라. 서하가 위험하다."

"……지금 당장 가겠습니다."

"강진 형님은 내가 부르겠다."

한 달이나 자리를 비우는 건 불가능해도 청신으로 날아갔다 오는 건 반나절이면 가능했다.

거기서 이강진에게 상황을 설명하고 준비를 해 보내면 될 것이다.

철혈 이강진의 속도라면 아린이가 하루 일찍 출발하더라도 따라잡을 수 있을 테니까.

"부탁하마."

"야, 한상혁!"

아린은 짐꾼으로 따라온 상혁을 부른 뒤 말했다.

"서하 구하러 갈 거야. 지금 출발한다."

"지금? 거기 만백산인데? 그래도 옷은 챙겨서……."

"그럴 시간 없어!"

아린은 뒤도 돌아보지 않고 달리기 시작했고 상혁은 어쩔 줄 몰라 하다 엽전 상자를 약선에게 넘겼다.

"부탁합니다."

"내가 부탁하마."

"에이, 우리가 해야 할 일인데요."

한상혁은 긴장한 얼굴로 말했다.

"그럼 다녀오겠습니다."

약선은 위험한 이유조차 듣지 않고 바로 달려가는 두 사람을 바라보며 중얼거렸다.

"살아 있어라. 제자야."

그 멍청한 놈을 키우려고 얼마나 노력했는데 이대로 보낼 수는 없다.

오늘따라 못난 제자가 보고 싶어지는 허운이었다.

Chapter 62.

Chapter 62.

쉬지 않고 달려 도착한 만백산.

만백산은 구름에 가려 꼭대기가 보이지 않을 정도로 웅장한 자태를 자아내고 있었다.

나와 민아 선배는 도착과 동시에 등산을 시작했다.

여느 산이 그렇듯 초입은 평범했다.

등산로가 잘 만들어져 있고 나무꾼들이 반갑게 손을 흔들기도 했다.

그러나 산 중턱부터는 길이 끊어졌고 출입을 금한다는 팻말이 여기저기 꽂혀 있었다.

"이제부터는 긴장해야겠네요."

"그래."

그렇게 출입 금지 팻말을 지나 올라가기를 한참.

민아 선배가 나에게 물었다.

"설산백초가 그렇게 찾기 힘들어?"

"힘들죠. 설산백초는 만년설 밑에서 평생을 자랍니다. 한기와 음기를 머금고 100년 이상을 버텨 낸 뒤 순백의 꽃을 피우죠. 그렇기에 만년설이 있는 산에서만 찾을 수 있다고 해서 설산백초입니다."

"으음, 하얀 꽃이라."

고개를 끄덕이던 박민아는 고개를 갸웃하며 말했다.

"그럼 눈밭에서 어떻게 찾아?"

"그러니까요."

바로 그거다.

설령 설산백초가 있다고 하더라도 새하얀 눈밭에서 새하얀 꽃을 찾기란 매우 어렵다.

거기다 눈을 뚫고 꽃을 피운 후 다시 위에 눈이 쌓이면 찾기도 힘들고 마수들에게 밟혀 죽었을 가능성도 크다.

여러모로 찾기 힘든 약초다.

'영약 수준이니까. 찾기 쉬우면 그게 영약인가?'

어쩔 수 없다고 생각하자.

"막말로 한 달 안에 약초를 못 찾을 수도 있습니다."

"듣고 보니 찾기 힘들겠네. 그럼 어쩌려고? 무슨 방법이라도 있어? 너 약선님 밑에서 수련했잖아."

"그런 거 없습니다."

설산백초를 쉽게 찾는 법?

그런 거 없다.

그냥 운이다.

그래도 한 달간 미친 듯이 뒹굴면 찾을 수 있지 않을까?

이윽고 점점 기온이 내려가는 것이 느껴졌고 만년설이 눈에 들어왔다.

"으, 추워."

"제가 뭐라고 했습니까? 일단 이거 입으세요."

난 솜옷을 꺼내 건넸다.

움직임은 조금 무뎌지겠지만 그래도 얼어 죽는 것보다는 나으리라.

박민아는 내가 건넨 옷을 전부 껴입기 시작했다.

그렇게 다 입혀 놓고 보니 뭔가 눈사람 같다.

키도 작아서 뭔가 굴리면 굴러갈 거 같다.

팔을 허리에 붙이지 못해 살짝 벌리고 있던 민아 선배는 고개를 갸웃하며 말했다.

"너는 왜 그것만 입냐? 안 추워?"

"전 괜찮습니다."

민아 선배와 달리 나는 몸을 움직이기 편하게 적당히 껴입었다.

정 추우면 양기 폭주로 몸을 데우면 된다.

꼭대기에 도착하기 직전 해가 떨어지기 시작했고 나는 적당히 야영할 장소를 찾아보았다.

“일단 오늘 하루를 보내고 날이 밝으면 꼭대기로 올라가서 설산백초를 찾아보죠.”

무리해서 꼭대기까지 올라가려고 했다가는 야영지도 못 찾고 얼어 죽을 수도 있다.

나나 민아 선배나 어느 정도 추위에는 버틸 수 있는 무인이니 동굴, 아니 바람을 피할 수 있는 구덩이 정도만 있어도 잘 수 있으나 아무것도 없는 곳에서는 아무래도 힘들다.

그렇게 앞으로 한 걸음을 걸어가는 순간.

내 육감에 마수가 잡혔다.

“마수입니다.”

“내가 처리하지!”

민아 선배는 바둥거리며 언월도를 들었다.

뭔가 눈사람이 양팔을 휘젓는 거 같다.

마수는 만백산을 올라오면서도 꽤 많이 만났으니 이번에도 문제없이…….

“다섯 마리. 열 마리. 삼십, 사십, 백…….”

곧 셀 수 없이 많은 마수가 육감에 느껴졌다.

내가 뒤쪽으로 고개를 돌리자 민아 선배도 같이 고개를 돌렸다.

마수들이 올라온 길을 가득 채우며 나와 민아 선배를 향해 달려오고 있었다.

"어떡해? 싸워?"

"아뇨. 저 뒤로 더 많습니다. 이러면……"

"튀어!"

민아 선배의 외침과 함께 나는 앞으로 달려 나갔다.

야영지를 찾는 거고 뭐고 이대로면 마수들에 깔려 죽을 것이다.

그런데 그 순간 나의 육감에 또 다른 마수들이 포착되었다.

"망할."

"아, 제발. 또 뭘 느낀 거야?"

"앞에도 마수입니다."

"후우."

민아 선배는 언월도를 꺼내 들었고 나는 천광을 뽑았다.

"뚫는다."

"그래야죠."

이윽고 마수들과 맞부딪쳤다.

곰, 늑대, 멧돼지, 사슴, 토끼, 거미.

나와 민아 선배는 마수화가 된 온갖 산짐승들과 뒤엉켰다.

"우오오오오오오!"

민아 선배의 언월도가 수십의 마수들을 베어 내고 불타는 천광이 마수와 함께 만년설을 녹였다.

그렇게 앞으로 나가기를 한참.

결국 나와 민아 선배는 꼭대기까지 올라와 버렸다.

"하아, 하아, 하아."

지친 듯 거친 숨을 몰아쉬던 민아 선배는 짜증 가득한 얼굴로 말했다.

"아, 목 차가워. 숨쉬기도 힘들다."

"그보다 이상하네요."

이상하다.

너무나도 이상하다.

"뭐가?"

"마수들은 결코 다른 종과 어울리지 않습니다. 예를 들어 거흑랑은 거흑랑끼리, 대군의는 대군의끼리 몰려다니죠. 그런데 이번에는 온갖 마수들이 같이 있었습니다."

"……나찰이라도 있나? 왜, 나찰 중에 마수 다루는 애들 있잖아."

"아뇨, 나찰은 왕족의 피를 잇지 않는 이상 마수를 다룰 수 없습니다. 흔하지 않죠. 그리고 나찰도 이런 혹한의 지형에서는 살고 싶지 않을걸요?"

"그러면?"

말하기 싫다.

하지만 모든 불가능한 것을 제한다면 남은 것이 진실이다.

"마물이죠."

어둠이 내려앉은 꼭대기.

눈보라가 휘몰아치는 밤.

저 멀리서 거대한 기운이 다가오는 것이 느껴졌다.

'천하의 이정문이 이런 실수를 다 하네.'

적어도 10척은 되어 보이는 백호(白虎) 한 마리가 나를 내려 보고 있었다.

마물(魔物).

평범한 마수가 오랫동안 순수한 음기에 중독되어 만들어지는 반신(半神) 격의 존재.

적오와는 또 다른 느낌의 마물은 나를 내려 보다 입을 열었다.

"누가 이 신성한 땅에 침입했는가?"

민아 선배는 침을 삼킨 뒤 나를 툭 쳤다.

"이거 마물이냐?"

"네, 맞습니다."

"어떡할 거야? 싸우고 죽을래? 도망치다 죽을래?"

"죽는 선택지밖에 없습니까?"

"그럼 살 수 있을 거 같아?"

아니, 절대로 못 이길 것만 같다.

적오보다도 더 강한 기운이 느껴졌다.

적오를 일도양단한 할아버지라도 있으면 모를까 나와 민아 선배로는 죽었다 깨어나도 이 마물을 이길 수 없으리라.

"방법이 있을 겁니다."

호랑이에게 물려 가도 정신만 차리면 살아남을 수 있다고 하지 않던가.

나는 목소리를 가다듬은 뒤 말했다.

"위대하신 마물님……."

"설산비호다."

"……."

마물이 별호도 있네.

대부분은 말을 할 수 없고, 말을 할 수 있다고 하더라도 인간이 불러 주는 이름을 받아들이지 않는데 말이다.

저 설산비호는 누가 봐도 어떤 인간이 대충 지은 이름인 것만 같았다.

어쨌든 긍정적이다.

인간이 붙인 칭호를 가지고 있다는 것은 그래도 그와 만나 대화한 인간이 있다는 것이니까.

"설산비호(雪山飛虎)님을 뵙게 되어 영광입니다. 설산비호님의 땅인지 모르고 실례한 점 죄송하게 생각합니다. 지금 당장 떠나도록 하겠습니다."

설산백초는 포기한다.

돌아가서 이정문에게 한소리를 하면 된다. 훗날 병참부장이 되는 그녀에게 빚을 만들어 놓아 나쁠 것은 없으니까.

민아 선배도 내 생각을 읽었는지 가만히 서서 설산비호의 대답을 기다릴 뿐이었다.

그리고 천 년과도 같은 정적이 지나가고 설산비호의 웃음소리가 들려왔다.

"하하하, 이 땅에 인간이 온 건 아주 오랜만이다. 오랜만에 보니 나도 좋구나."

오호! 대화가 통하는 놈이다.

다행이야.

적오처럼 말을 못 하는 마물이 아니라서.

말을 할 줄 아는 마물이 더 위험하지만 그래도 대화가 된다는 것이 어디냐.

대화도 안 되는 그런 잡스러운 마물과는 비교할 수 없는…….

"오랜만에 인간을 쳐 죽일 수 있겠어."

"……."

잡스러운 마물이나 저놈이나 그게 그거다.

"민아 선배!"

"알아!"

민아 선배는 바로 언월도를 내려찍었다.

신평월도법(新坪月刀法), 참월(斬月).

도기(刀氣)가 폭발하며 눈이 사방으로 휘날렸다.

나는 바로 낙월검법을 사용했다.

낙월검법(落月劍法), 천양겁화(天壤劫火).

두 가지 오의가 서로 맞물려 폭발하고 나와 민아 선배는 약속한 듯 달렸다.

선배도 알고 있던 것이다.

우리의 공격은 절대 통하지 않으리라는 것을.

민아 선배는 있는 힘껏 달리며 말했다.

"이번 일격으로 눈사태라도 안 나려나?"

"제발 났으면 좋겠네요."

눈사태라도 나면 거기에 쓸려 도망칠 수 있을 테니 말이다.

"크하하하하! 이게 전부냐? 그래! 나는 강하다! 나는 강하다고!"

설산비호가 이상한 소리를 하며 내 뒤를 따랐다.

이윽고 설산비호가 내뿜은 한기가 얼음창이 되어 꽂혔다.

민아 선배는 곡예를 부리듯이 피하며 말했다.

"소녀, 여기서 죽나 봅니다. 민주야, 아빠를 부탁한다."

"이상한 소리 하지 말고 달려요."

"달리긴 너나 달려라."

그리고 그 순간 민아 선배가 발을 멈추었다.

"세 번째 선택지. 너는 살고 나는 죽는다. 신평의 빚은 지금 갚으마."

"그게 무슨……!"

신평의 빚.

박수범의 반란을 말하는 것이었다.

하지만 누가 그걸 지금 갚으라고 했나?

나에게는 박민아가 죽는 것이 더 손해다.

그녀는 훗날 신평의 무사들을 이끌고 나찰과 전쟁해야 하는 인물이니 말이다.

그 때문에 필기시험도 대필해 줬는데 여기서 왜 목숨을 던지는가.

그러나 내가 반응하기도 전에 민아 선배는 설산비호를 향해 달려들었다.

얼음창을 다 쳐 내며 다른 곳으로 설산비호를 유인하려는 그 순간이었다.

'진동……!'

쿠쿠쿠쿠쿠!

정말로 눈사태가 일어난 것이다.

나는 당황한 민아 선배에게 달려가 허리를 끌어안았다.

"오늘은 우리가 죽을 날이 아닌가 봅니다."

"그런 말 하기에는 좀 이른 거 아니야?"

민아 선배는 시야를 가득 채운 눈사태를 바라보며 말했다.

"이것도 충분히 죽을 거 같은데?"

"아, 모르겠다."

마물보다는 낫잖아.

그렇게 눈사태가 나와 민아 선배를 덮쳤다.

만백산의 초입.

아티카는 만백산 중턱 한 나무 위에 누워 휴가를 보내고 있었다.

현재 은월단은 각지의 나찰들을 모으는 일에 집중하고 있었다.

상단 습격 이후 백야차는 자기를 찾지 말라며 어디론가 사라졌다.

아마도 수련 중일 것이다.

'인간한테 죽을 뻔했다는 것을 믿을 수가 없겠지.'

이서하의 무공은 대(對)나찰 전용 무공이었다.

그렇기에 백야차의 피부를 벨 수 있었던 것.

일반적인 무공을 익혔더라면 턱도 없었겠지만, 그 사실조차 백야차에게는 별로 위로가 되지 않았다.

"나야 편하지."

만백산 중턱은 인간들이 들어오지 않는다.

애초에 출입, 토벌이 금지된 지역이니 나찰로서는 마음 놓고 쉴 수 있다.

꼭대기에 마물이 있긴 하지만 올라가지만 않으면 상관없었으니 말이다.

그렇게 평화로운 나날을 지내던 아티카를 향해 작은 조류형 마수가 날아왔다.

"뭐야?"

그렇게 조류 마수가 본 것을 살펴본 아티카는 얼굴이 하얗게 질려 나무에서 떨어졌다.

"미친!"

철혈, 이강진이 왔다는 보고였다.

휴가 중에 이게 무슨 날벼락?

지금이라도 당장 만백산을 빠져나가야 한다.

하지만 그렇게 생각함과 동시에 아티카는 시선을 느끼고 고개를 돌렸다.

"내 손자를 본 적 있느냐? 20살 언저리의 젊은 무사인데."

이강진.

최악의 자연재해를 온몸으로 맞은 아티카였다.

새벽, 만백산 초입.

약속대로 철혈, 이강진을 만난 아린과 상혁은 인사를 한 뒤 바로 이동했다.

이강진은 빠르게 올라가며 설명했다.

"이 산꼭대기에는 마물이 산다. 나와 운이만 알고 있는 사실이지."

"그럼 서하는 마물과 만났겠네요."

"만약 꼭대기까지 올라갔다면 말이야. 녀석은 그 밑으로 못 내려오거든.”

아린은 입술을 잘근잘근 씹었다.

이강진은 설명을 이어 갔다.

“만약 서하가 살아 있다면 어딘가에 숨어 있을 가능성이 크다. 부상을 입었을 수도 있고, 추위에 떨고 있을 수도 있으니 한시라도 빠르게 서하를 찾아야 한다. 알았느냐?”

아린은 표정을 굳혔고 상혁 또한 비장하게 고개를 끄덕였다.

그러던 중 갑자기 떠오른 의문에 상혁이 입을 열었다

“저기 근데 마물은 신경 쓰지 않으셔도…….”

그때였다.

이강진이 고개를 홱 돌리며 말했다.

“나찰이 있구나.”

그리고 그와 동시에 이강진은 방향을 틀어 아티카의 앞으로 이동했다.

“히익!”

아티카는 바로 주저앉았고 이강진은 최대한 사람 좋은 미소를 지었다.

하지만 아티카에게는 악마가 학살을 시작하기 전 미소를 짓는 것처럼 보였다.

그러거나 말거나 이강진은 말을 이어 갔다.

“내 손자를 본 적 있느냐? 20살 언저리의 젊은 무사인데.”

아티카는 이서하가 이강진의 손자라는 것을 알고 있었다.

그는 솔직하게 고개를 흔들었다.

"못 봤습니다. 진짜로 못 봤습니다."

"그래? 그럼 넌 필요 없구나."

"아니, 잠시……!"

아티카는 손을 들며 동시에 눈을 감았다.

이렇게 죽는구나.

그렇게 체념하는 순간이었다.

"너는……!"

아린의 목소리가 들린 그 순간 아티카는 있는 힘껏 외쳤다.

"아티카! 아티카입니다!"

아티카의 눈에 아린은 자신을 구원하러 내려온 선녀와도 같아 보였다.

그만큼 눈부시게 아름답기도 했으니까.

이강진은 아티카와 아린을 번갈아 보고는 말했다.

"아는 놈이냐?"

"너 나찰도 알아?"

뒤늦게 도착한 상혁도 질문하자 아린은 고개를 끄덕인 뒤 말했다.

"너 잘 만났다. 하나만 부탁하자."

아티카는 이강진의 눈치를 보다 고개를 끄덕였다.

아린이 무슨 부탁을 하든 철혈에게 반 토막이 나 죽는 것보다는 나으리라.

"너 마수를 조종할 수 있지?"

"네."

"그럼 조종해서 서하 좀 찾아 줘. 아니다. 그냥 나한테 마수 조종하는 법을 알려 줘. 내가 찾을게."

이런 중요한 일을 아티카에게만 맡겨 놓고 손가락이나 빨고 있을 수는 없었다.

어떻게든 직접 마수를 지배하는 법을 배워 자신의 손으로 서하를 찾고 싶은 아린이었다.

아티카는 이강진의 눈치를 살피다 말했다.

"제, 제, 제가 왜 그래야 합니까?"

이강진이 뭐라고 말을 하려고 했으나 그보다 먼저 아린이 말했다.

"내가 물어보니까."

터무니없는 이유였지만 아티카는 입만 벙긋할 수밖에 없었다.

여왕의 명령이었다.

그에게는 묘한 강제성이 느껴졌다.

이윽고 아티카는 얼굴을 붉히며 고개를 숙였다.

"……대신 그냥 보내 주셔야 합니다."

"약속할게."

아린은 대답과 동시에 이강진을 바라보며 허락을 구했다.

이강진은 바로 고개를 끄덕였고 아티카는 크게 숨을 들이

쉬었다.

'이건 살아남기 위함일 뿐이야.'

아티카는 그렇게 합리화하며 거흑랑 한 마리를 불러왔다.

"마수를 다스리는 법은 간단합니다. 음기를 동화하는 거죠."

북대우림 당시, 아린이 뿜어낸 강렬한 음기는 주변 마수들을 전부 자신의 것으로 만들었다.

무의식적으로 주변 마수를 자신의 음기로 동화(同化)시킨 것이다.

간단하지만 그리 쉬운 일은 아니다.

기의 동화라는 개념을 이해하지 못한다면 1년이 걸려도 불가능한 일이니 말이다.

하지만 그건 아티카가 알 바가 아니었다.

"처음부터 무접촉으로 하기는 힘드니 접촉을 하면서 감을 잡아 보세요."

그러자 상혁이 급한 얼굴로 말했다.

"아린아. 우리 시간이 없어. 빨리해야 해."

"알아. 한 번에 해낼 거야."

아린은 그렇게 말한 뒤 거흑랑의 머리에 손을 올렸다.

아린에게 있어 기의 동화란 그리 생소한 개념이 아니었다.

학관에 다닐 때는 매일 서하가 음기를 빼내고 양기를 불어넣어 줬었으니까.

거기에 신로심법을 익혀 기의 수발을 자유자재로 조절할

수 있었기에 동화는 더욱 빠르게 진행되었다.

이윽고 거흑랑의 지배권이 아티카에서 아린에게로 넘어갔다.

아티카는 너무나도 손쉽게 넘어간 제어권에 놀라며 아린을 바라봤다.

'……여왕의 힘인가?'

단 한 번에 성공할 줄은 상상도 못 한 아티카였다.

음기 폭주로 은발이 된 아린은 재롱을 부리는 마수를 내려보다 말했다.

"이런 식이구나."

원리를 이해한 아린은 바로 음기를 내뿜었다.

순간 아티카가 가지고 있던 마수 제어권이 전부 사라졌다.

아티카는 경악한 얼굴로 모여드는 마수들을 바라봤다.

북대우림에서 겪었던 그 현상 그대로였다.

아린은 마수들에게 말했다.

"내 뒤를 따라라. 꼭대기로 간다."

마수들은 고개를 끄덕이고는 사라졌고 이강진은 그 광경을 바라보며 생각에 잠겼다.

'이거…… 그냥 강한 무사 하나라고 생각하면 안 되겠군.'

아린은 군단이었다.

그리고 그 군단장이 충성을 맹세하고 있는 대상이 바로 서하였다.

'만약 서하가 죽었다면…….'

주인을 잃은 군단은 이 세상을 파괴할 것이다.

"서하를 꼭 찾아야겠구나."

여러 가지 의미를 담은 말이었다.

그때 아티카가 손을 들었다.

"저기 그런데 꼭대기라면 마물이 있는 곳 아닙니까?"

"맞다."

"아, 알고 계시는구나. 그럼 저는 이만 약속대로 가 보겠습니다."

그렇게 아티카가 빠져나가려고 할 때 이강진이 그의 뒷덜미를 잡아당겼다.

인형처럼 끌려간 아티카가 허우적거리자 이강진이 말했다.

"어디 가느냐? 네놈도 같이 가야지."

"저, 저, 저는 왜?"

"왜긴. 그래야 더 많은 마수로 서하를 찾을 거 아니냐."

"그, 그렇겠네요. 그렇죠. 그럼 그 일이 끝나면……"

"서하가 살아 있다면 너도 사는 거다. 어때? 열심히 해야겠지?"

약속과 뭔가 다른 것 같지만 아티카에게 선택지는 없었다.

그렇게 4명으로 늘어난 구조대는 빠르게 꼭대기까지 올라갔다.

만년설이 눈에 보이는 지역까지 올라가자 눈보라가 치기 시작했다.

아침이 밝았음에도 한 치 앞이 보이지 않을 정도로 눈보라는 거셌다.

이강진은 준비해 온 방한복을 건넨 뒤 자신은 무덤덤하게 위로 올라갔다.

상혁은 걱정스럽게 물었다.

"춥지 않으세요?"

"한서불침(寒暑不侵)이라고 아느냐? 그 경지까지 오르면 추위와 더위를 타지 않는다."

상혁은 고개를 끄덕였다.

부럽다는 생각이 들기 시작했다.

그렇게 꼭대기에 다가갈수록 아티카는 불안한 듯 손톱을 물어뜯었다.

아린은 아티카를 힐끗 보고는 말했다.

"불안해?"

"만백산 꼭대기에 사는 마물은 차원이 다릅니다. 만백산의 한기와 음기를 전부 머금은 이 마물은 인간의 말까지 할 정도죠."

"인간의 말을?"

"네. 아무리 무신(武神)이라도……."

아티카는 이강진이 듣지 못하게 조용히 말했다.

"쉽게 이길 수는 없을 겁니다."

이윽고 도착한 꼭대기.

이강진은 다가오는 거대한 기운을 느끼고는 발을 멈췄다.

"이제 오는 건가?"

아린과 상혁은 숨이 막혀 오는 음기에 긴장했다.

이윽고 설산비호가 천천히 모습을 드러내며 말했다.

"호오, 인간들이 또 왔구나."

상혁과 아린은 굳은 얼굴로 전투태세를 갖추었다.

그러나 그 순간이었다.

이강진이 앞으로 걸어 나가며 외쳤다.

"오랜만이구나. 냐옹아."

이강진의 말에 아린과 상혁, 그리고 아티카까지 놀란 눈으로 그를 돌아봤다.

그러나 가장 놀란 것은 설산비호였다.

"냐옹이? 날 그렇게 부르는 건……."

"이제 내 목소리도 못 알아듣는 거냐? 네가 덜 맞았구나."

"……!"

그제야 이강진을 발견한 설산비호는 당황한 듯 뒤로 한 걸음 물러나며 말했다.

"가, 가, 가, 강진 형님?"

"그래, 냐옹아."

이강진은 한 걸음 앞으로 걸어 나가며 말했다.

"내 손자 어딨냐?"

한상혁은 어리둥절한 얼굴로 아린에게 물었다.

"야, 지금 이 상황 나만 이해 안 돼?"

"아니."

아린은 붉은 기운을 사그라트리며 말했다.

"나도 이해 안 돼."

정말로 이해가 안 되는 상황이었다.

◆ ◈ ◆

언제였는지 기억도 가물가물한 수십 년 전.

젊은 약선은 영약(靈藥) 지도를 만들며 기대에 가득 차 있었다.

"설산백초는 만년설에서만 핀다고 합니다. 이 나라에 만년설이라면 만백산 아니겠습니까?"

"그래서?"

"저와 함께 만백산으로 가지 않으시겠습니까? 형님!"

"굳이 확인해 봐야겠냐? 만년설 밑에서만 자라면 거기 있겠지."

"만년설의 한기와 함께 순수한 영기도 필요한 영약입니다. 백문이 불여일견. 가서 확인해 봐야죠. 그럼 내일 출발하시죠."

"갈 때 가더라도 전하한테는 물어보고 가야지. 진짜 약만 보면 눈 돌아가서는……."

젊은 이강진은 심드렁하게 말했으나 약선은 이미 내일 출발한다는 것으로 알아듣고 신이 나 있었다.

영약(靈藥) 지도를 만들 수 있다면 어떠한 환자가 나타나도 효과적으로 치료할 수 있을 것이라는 게 약선의 주장이었다.

약선의 재능이 한창 꽃피우는 시기였기에 젊은 국왕 신유철은 그가 하고 싶다는 것을 모두 지원해 주었다.

"갔다 오지? 너희 둘이라면 어차피 한 일주일이면 되지 않겠느냐?"

"감사합니다! 형님! 아니, 전하!"

그렇게 약선과 이강진은 만백산 위로 올라갔다.

제국과의 국경 역할을 하는 곳인 만큼 만백산은 그 누구도 관리하지 않았다.

산 중턱으로 올라가자 사방에서 마수들이 튀어나왔고 이강진은 약에 미쳐 있는 허운을 대신해 이들을 처리해 주었다.

그렇게 도착한 꼭대기.

그곳에서 스스로를 위대한 만백산의 주인이라고 부르던 마물을 만났다.

"감히 인간 주제에 나의 영역에 들어오는가!"

"마물이네요."

"말도 하는 놈이구나."

지루하게 마수를 도륙하던 이강진은 그제야 미소를 지었다.

"이거 재밌겠구나."

젊은 시절 이강진은 강자를 찾아 여행하며 실력을 키웠다.

조금이라도 강한 무사가 있으면 비무를 했고 제국과 동부 왕국과의 전투에서도 앞장섰다.

그러나 무신이라는 칭호를 얻고 나서는 모든 것이 지루할 뿐이었다.

“마물이면 상대로 부족함은 없지.”

이강진이 앞으로 나가고 약선은 열심히 눈을 뒤지며 설산 백초를 찾아보았다.

“한판 하자! 냐옹아!”

신나서 자신을 올려 보는 남자.

‘저것들은 또 뭐야?’

처음 보는 광경이었다.

보통은 비명을 지르며 도망치기 바빴는데 말이다.

물론 그렇다고 이들을 살려 보내 준 적은 없었다.

나약한 인간이 마물의 땅에 들어왔다면 천벌을 받아 마땅하니까.

‘이상한 놈들이네.’

하지만 그저 먹잇감이라는 것은 다르지 않았다.

설산비호는 콧방귀를 뀌며 얼음창을 생성했다.

“미련한 것들. 죽어라.”

그렇게 수백 개의 얼음창을 내리꽂는 순간이었다.

“흐음!”

이강진이 기합을 넣음과 동시에 얼음창이 전부 산산조각 나 흩날렸다.

"아니……!"

설산비호가 놀라는 그 순간 그의 뇌가 흔들렸다.

사각에서 턱을 향해 들어온 일격.

겨우 정신을 붙잡은 설산비호는 있는 힘껏 앞발을 휘둘렀다.

'찢어 죽여 주마!'

보통 인간이라면 갈가리 찢겨 나갔겠지만 이강진은 아무렇지 않게 막아 내며 미소를 지었다.

"저릿저릿한데?"

"냥?"

인간 맞냐?

그 이후로 설산비호는 먼지가 나도록 이강진에게 얻어맞았다.

"형님. 그거 죽이지 마세요. 국경 열립니다."

"아, 그러겠네. 그보다 약초는 찾았냐?"

"저 마물이 도와주면 금방 찾지 않을까요? 한번 물어보세요."

"오, 좋은 생각이다. 그럼 냐옹아. 우리가 하얀 풀을 찾고 있거든."

"……."

냐옹이라니.

내 이름이 냐옹이라니.

설산비호가 그렇게 좌절할 때 약선이 말했다.

"형님. 아무리 그래도 냐옹이는 너무하지 않습니까? 설산에 사는 호랑이 같으니 설산비호 어떻습니까?"

"뭐든 상관없지 않냐?"

"설산비호! 설산비호가 좋다!"

냐옹이보다는 100배 나은 이름이었다.

"좋다? 말이 짧다?"

"좋습니다! 설산비호로 불러 주십시오!"

하도 얻어맞아 얼굴이 부은 설산비호는 벌떡 일어나 생각했다.

지금은 작전상 후퇴다.

인간은 길게 살아 봤자 200년이다.

그에 비해 마물은 영생을 산다.

저 인간 같지도 않은 놈이 죽을 때까지만 버틴다면 결국 설산비호의 승리다.

"자, 그럼 같이 약초 좀 찾자. 냐옹아."

"……설산비호. 열심히 찾겠습니다."

죽어도 냐옹이는 되기 싫은 설산비호였다.

평생 안 볼 줄 알았던 이강진이 눈앞에 있다.

설산비호는 얌전하게 앉아 고민을 시작했다.

'많이 늙었어. 인간은 늙으면 약해진다던데. 그럼 내가 이

길 수 있는 거 아니야? 마물은 점점 강해지고 인간은 점점 약해지니까…….'

고민에 고민을 거듭하던 설산비호는 미소를 지었다.

'이제 내가 이기겠군.'

죽을 때까지 기다릴 필요도 없다.

지금 이 순간.

이강진을 죽이고 마물로서의 위대함을 다시 찾으리라!

"크하하! 내가 옛날의 그 냐옹이라고 생각하면 오산……!"

그 순간 이강진의 주먹이 설산비호의 턱을 때렸다.

팡! 하는 소리와 함께 충격파가 눈보라를 밀어냈다.

순간 정신이 나가 쓰러진 설산비호는 벌떡 일어나 이강진을 바라봤다.

저 괴물이 더 강해졌다.

"오산? 지역 이름인가?"

"아닙니다. 형님."

아직은 냐옹이로 있어야 하는 설산비호였다.

이강진은 굳은 얼굴로 말을 이어 갔다.

"쓸데없이 시간만 낭비했잖아. 그래, 내 손자는 어딨냐?"

"손자분이요?"

"하루 전에 도착했을 텐데. 알고 있겠지? 마물은 자기 영역에 들어온 침입자를 알아보니."

"아, 하루 전에 온 그 두 사람……."

죽었는데?

눈사태에 쓸려 내려간 이후 두 사람의 기운이 느껴지지 않았다.

저 멀리 쓸려 내려갔거나 죽었거나 둘 중 하나.

하지만 전자가 더 확률은 크다.

그게 이강진의 손자였다는 말인가?

그러면…….

'나 어떡하지?'

설산비호가 마른침만 삼키고 있자 이강진이 말했다.

"죽였나?"

"아닙니다! 절대 죽이지 않았습니다! 눈사태에 쓸려 내려갔는데 찾으면 찾을 수 있습니다!"

일단 찾자.

시체를 찾기 전까지는 죽었다고 확정 지을 수 없다.

이강진은 살짝 손을 떨고는 이마를 짚으며 말했다.

"찾아라. 못 찾으면 넌 죽는다."

"제, 제, 제가 국경을 이렇게 열심히 지키고 있는데요? 국경 뚫려 버리는데요?"

"뚫리든 말든……."

이강진은 눈높이를 맞추고 있는 설산비호에게 다가가 머리를 쓰다듬으며 말했다.

"내 손자가 죽었으면 너도 죽는다."

이 인간은 진심이다.

손으로 전해지는 살기가 그렇게 말하고 있었다.

설산비호는 털을 곤두세우며 외쳤다.

"모두 손자님을 찾아라!"

수많은 마수가 사방으로 흩어졌다.

아린은 자신이 지배하고 있는 마수들을 펼쳤고 그것은 아티카도 마찬가지였다.

그 광경을 바라보던 상혁은 씁쓸하게 말했다.

"나는 몸으로 뛰어야겠네."

어차피 이 지역의 마수는 모두 아군이니 자유롭게 수색해도 안전했다.

"상혁이 넌 나와 움직이자."

"네, 어르신."

상혁과 이강진이 떠나고 아티카는 설산비호에게 다가간 뒤 고개를 절레절레 흔들며 말했다.

"같은 처지에 잘해 봅시다. 설산비호님."

인간에게 붙잡힌 나찰을 내려다본 설산비호는 침울하게 고개를 숙일 뿐이었다.

"나찰이 둘이나 잡혀 있다니. 역시 강진 형님은……."

설산비호는 아린까지 자기와 같은 처지라고 생각했는지 다가가 말했다.

"그쪽도 강진 형님에게 잡혔는가?"

하지만 돌아온 건 살기 어린 시선뿐이었다.

"닥쳐. 미물. 지금 당장이라도 죽여 버리고 싶으니까."

"……네."

자기도 모르게 존대를 하는 냐옹이, 아니 설산비호였다.

◆ ◈ ◆

"아아, 살긴 살았네."

눈사태를 정통으로 맞았을 때는 죽었다고 생각했다.

극양신공을 극성으로 사용해 눈을 녹이지 않았다면 파묻힌 상태로 끝났을 것이다.

난 기절한 민아 선배를 업고 눈보라를 피할 수 있는 장소를 찾아보았다.

'없네.'

때마침 동굴 같은 게 있을 리가 없다.

그렇다고 방법이 없는 건 아니다.

나는 눈을 판 뒤 안으로 들어갔다.

양기 폭주로 맨 윗부분을 녹이면 순식간에 얼어붙어 지붕이 되어 주니 최소한 눈보라는 피할 수 있으리라.

적당한 크기의 피난처가 완성되고 나는 남은 물품을 살폈다.

'침낭은 하나만 살렸네.'

적오의 심장에 극양신공을 사용하는 나야 추위를 버틸 수 있겠지만 민아 선배는 그럴 수 없다.

"으윽."

고민하는 사이 민아 선배가 눈을 떴다.

"아, 죽겠네."

큰 상처는 없었지만 힘겹게 몸을 일으킨 그녀는 나를 보고는 말했다.

"그래도 살았네. 잠깐! 내 언월도? 내 언월도는?"

"그거 사라졌습니다."

"아아아! 우리 가문 보물인데!"

보물이 문제냐? 이제 어떻게 생존할지가 문제다.

"챙겨 온 건 얼마나 남았어?"

"다 사라졌습니다. 그래도 침낭 하나는 건졌네요. 이걸 쓰면 될 거 같아요."

"쯧, 어쩔 수 없네."

그리고는 옷을 벗기 시작했다.

미친 짓이라고 볼 수 있지만 젖어 얼어 버린 옷들은 오히려 체온을 더 빨리 뺏어 간다.

물에 빠졌을 때 나오자마자 옷을 벗어야 하는 것과 같은 의미다.

하지만 물에 빠진 것과 지금 상황은 좀 다르다.

"안 추워요?"

"뛰어난 무사는 추위를 타지 않는 법. 양기만 잘 조절하면 체온을 유지할 수 있을 거야."

일리 있는 말이었으나 그건 나처럼 극양신공을 제대로 사용할 때의 이야기다.

평범한 무사들이 사용하는 양기 정도로는 이 정도 추위를 막아 내기는 힘들다.

박민아는 이런 추위를 경험해 본 적이 없으니 모르겠지.

괜히 한서불침(寒暑不侵)의 경지가 있는 게 아니다.

"안 될걸요? 그것도 적당히 추워야지 가능한 일입니다."

"날 우습게 보는구나? 봐봐, 어떻게 되는지."

"그럼 침낭은 필요 없겠네요?"

"하나 남았다며? 그건 너 써라. 네가 챙긴 거니까."

그리고는 체조를 시작했다.

일단 허세 부리도록 놔두자.

그리고 일각 뒤.

내 예상대로 민아 선배는 내 옆에 딱 달라붙어 있었다.

"추워 죽겠네. 진짜."

날 인간 난로로 사용하는 것만 같았다.

"그러게 제가 뭐라고 했습니까? 침낭 쓰시라니까."

"너 쓰라고! 일인용엔 절대로 안 들어가."

"왜요? 같이 들어가면 인간 난로를 더 잘 사용하실 수 있을 텐데."

나도 슬슬 들어가고 싶다.

극양신공으로 만들어 낸 온기를 지키는 데 도움이 될 테니 말이다.

"슬슬 침낭을 쓰죠. 장기전이 될 거 같으니까."

밖은 아직도 눈보라가 치고 있었다.

하루는 족히 기다려야 할 것이기에 침낭에 들어가야만 한다.

"그, 그래도 남녀가 유별한데 같이 들어가는 건 좀……."

"전 어린애 체형에는 관심 없습니다."

그 순간 주먹이 내 배에 꽂혔다.

결국 내 설득에 못 이긴 민아 선배는 침낭에 같이 들어가기로 했다.

서로 등을 대고 누워 있자 민아 선배가 먼저 입을 열었다.

"자면 안 되겠지?"

"죽을 수도 있습니다."

"그럼 무슨 말이라도 해 봐. 따뜻하니까 졸려."

"맞아, 민주 약혼자는 어떻게 되었습니까?"

집안끼리의 약혼이 파기되었으니 문제가 되었을 것이다.

"남자는 이해해 줬는데 집안끼리는 난리가 났지. 근데 어쩔 거야? 우리가 신평인데. 우리 마음대로지."

역시 대가문이 좋긴 좋다.

"그래도 예의는 차려야 하니 애는 좀 먹었어. 민주가 안 되면 나와 결혼이라도 시켜 달라고 말이야."

"가주님이 난리가 났겠네요."

"절대 안 된다고 했지. 감히 누구한테."

그렇게 중얼거리던 박민아는 잠시 말을 멈춘 뒤 물었다.

"그런데 너 진짜 민주랑 결혼하면 안 되냐?"

무슨 말 같지도 않은 소리를.

결혼할 생각이라면 나한테는 아린이가 있다.

애초에 결혼할 생각이 없지만.

"민주 다른 남자 좋아합니다. 저도 싫고요."

"알아. 그 상혁이라는 친구 좋아하는 거. 그냥 네가 더 좋을 거 같아서."

그리고는 머리를 꼼지락거리다 말을 이었다.

"그러면 말이야……. 아니다."

"네?"

"아무것도 아니야."

난 등으로 전해지는 민아 선배의 움직임을 느끼다 고개를 끄덕였다.

그냥 물어보지 말고 넘어가도록 하자.

그렇게 어색한 대화가 끝이 나고 갑자기 무언가 소리가 들려왔다.

"코오오오."

"……민아 선배?"

"코오오오."

코골이로 대답해 주는 선배였다.

나는 그녀를 흔들어 보았지만 이미 체력의 한계에 다다랐는지 뻗어 버린 상태였다.

야단났다.

이제 내가 온도를 유지해 주지 못하면 입 돌아가는 건 시간 문제였다.

"아……."

인간 난로나 하자.

멍하니 적당한 온도를 유지하고 있을 때 밖에서 빛이 들어왔다.

눈보라가 끝이 나고 날이 밝은 것이었다.

민아 선배는 따뜻한 걸 찾아 나를 향해 돌아누운 상태였다.

앞으로 누우나 뒤로 누우나 별 차이는 없었기에 그냥 놔두었다.

'슬슬 깨우고 움직이자.'

그렇게 생각할 때였다.

"여기야?"

"맞아! 서하의 기운이야."

익숙한 목소리였다.

"서하야!"

겨우 침낭에서 빠져나와 몸을 일으킨 그 순간 상혁이가 들어왔다.

그리고는 나와 동시에 민아 선배를 보며 동공이 흔들리고는 고개를 끄덕였다.

"미안. 다시 올게."

뭔가 큰 오해가 생긴 것만 같다.

구조하러 왔으면서 뭘 다시 와?

"무슨 헛소리……."

그렇게 몸을 일으킬 때 밖에서 할아버지의 모습이 눈에 들어왔다.

"서하는 괜찮으냐?"

그리고는 내 상황을 보고는 그대로 입을 다물고 눈치를 보기 시작했다.

이쯤 되니 누구랑 같이 왔는지를 알 것만 같았다.

"서하야!"

아린이가 등장했다.

은발을 휘날리며 들어온 그녀는 거친 숨을 내뱉으며 나를 바라봤다.

"호오."

민아 선배가 홍미진진하다는 듯이 나와 아린이를 번갈아 보았다.

왜 당신이 흥미진진하게 보는 거야?

이거 당신도 포함된 일이라고.

도둑이 제 발 저리다고 하지만 난 도둑질을 하지도 않았다.

뭐라고 해야 이 상황을 한마디로 깔끔하게 정리할 수 있을까?

그렇게 고심하고 있을 때 상혁이가 먼저 입을 열었다.

"우리가 너무 빨리 왔나 봅니다. 어르신."

저 자식이.

아주 불난 집에 기름을 부어라. 부어.

낄낄거리는 상혁이를 뒤로하고 나는 힘겹게 입을 열었다.

"아린아, 그러니까……."

그 순간이었다.

진한 풍란 향이 나를 덮쳤다.

내 품으로 와락 달려든 아린이는 얼굴을 비비며 말했다.

"살아 있었구나. 살아 있었어."

꽃향기에 아찔해지는 기분이었다.

애초에 변명은 필요 없었다.

아린이에게는 내가 기준이니 내가 무슨 짓을 하더라도 그녀는 무엇 하나 신경 쓰지 않았을 것이다.

'이거 행동 똑바로 해야겠네.'

그러니까 더 완벽해져야 하지 않을까.

다시금 그런 중요성을 느끼며 나는 아린이의 머리를 감싸 안았다.

민아 선배는 그런 나와 아린이를 바라보다 말했다.

"보기 좋네. 둘이는 언제 결혼하나?"

그리고는 미묘하게 웃으며 짐을 챙긴 뒤 말했다.

"신평의 박민아. 청신의 가주님을 뵙습니다."

"그래, 이번에 선인 시련까지 치르고. 훌륭하구나."

"과찬이십니다. 이번에도 서하의 도움을 받지 않았으면 이곳에서 생을 마감했을 것입니다. 같이 한 침낭에 있던 것은 제 체온을 지켜 주기 위한 서하의 배려였음을 알아주셨으면 합니다."

"그렇구나. 얼른 이걸 입거라."

할아버지에게 겉옷을 받은 박민아는 나를 바라보며 한쪽 눈을 깜빡였다.

자기가 알아서 오해는 풀어 줬다는 뜻인 것만 같다.

그래도 저런 쪽으로는 배려가 있는 사람이다.

한참 나에게 안겨 있던 아린이는 어느 순간 민망해졌는지 살짝 얼굴을 붉히며 물러났다.

그나저나 어떻게 알고 이렇게 빨리 왔는지 모르겠다.

적어도 며칠은 더 걸릴 것으로 생각했는데 말이다.

"어떻게 저희가 고립된 것을 아시고 오셨습니까?"

그렇게 질문하며 밖으로 나가는 순간.

바로 앞에 설산비호가 웅크려 앉아 있는 것이 보였다. 바로 옆에는 소년의 모습을 한 나찰까지.

이건 또 무슨 조합이냐?

내가 놀라자 할아버지가 껄껄 웃으며 말했다.

"크하하하! 너희 둘 다 목숨을 구했구나."

"살아 있어서 다행입니다. 도련님!"

"……."

지금 마물이 나에게 도련님이라고 한 건가?

박민아 또한 입을 벌린 채 이 어이없는 상황을 이해하기 위해 노력하는 중이었다.

나와 민아 선배가 헤매고 있자 아린이가 친절하게 설명해 주었다.

"저 마물이 존재한다는 건 약선님과 가주님만 알고 계셨다고 해. 국경을 지키라고 토벌하지는 않으셨다고도 하셨어."

"그래서 내가 위험에 빠진 걸 알았구나."

마물이 있는 산에 겁도 없이 둘이 왔으니 말이다.

그나저나 마물과 알고 지내는 사이라니.

어떤 인생을 사셨던 겁니까? 할아버지.

"그럼 이름은 할아버지가 지어 준 거야?"

"아니, 그건 스승님이 지으신 거래. 가주님은 냐옹이라고 불러."

"……."

"아, 그리고 이거."

아린이는 품속에서 하얀 꽃을 하나 꺼냈다.

설산백초.

나와 민아 선배가 찾아야 하는 바로 그 약초였다.

"혹시나 해서 하나 찾아왔어. 그럴 리는 없겠지만, 혹시나 설산백초를 못 찾았다고 떨어트리면 안 되니까."

"우와!"

민아 선배는 진심으로 감탄하며 나에게 말했다.

"너 진짜 쟤 못 잡으면 안 되겠다."

"그러니까 말이에요. 아쉽네요."

나도 그렇게 생각하긴 한다.

근데 어쩌겠냐?

내 인생 계획은 회귀한 그 순간부터 죽는 그 순간까지 전부 짜여 있는데.

어쨌든 내 선인 시련은 그렇게 마무리되었다.

Chapter 63.

Chapter 63.

수도 천일은 선인 임관식으로 떠들썩했다.

청신의 기린아, 신평의 차기 가주가 통과자라는 것이 알려지면서 모두들 선인 시련에 대해 떠들기 시작했다.

특히 선인 시련에 관심이 많은 상급 무사들은 서로 정보를 공유하느라 바빴다.

"문관이 감독관이 되니까 합격자 수가 확 떨어져 버리네."

"후배한테 얘기 들었는데 필기에서만 거의 다 떨어졌다더군. 문관이라 그런지 깐깐한가 봐."

"내년에도 같은 문관이 담당한다던데. 그때도 피바람이 불겠구먼. 에휴, 우린 언제 선인 되냐?"

“그나저나 신평이랑 청신은 좋겠어. 이 어려운 시험을 약관의 나이에 다 통과했으니. 어중이떠중이 같은 백의선인보다도 낫다는 거겠지.”

“다음 시대는 저 둘이 이끌겠네.”

이서하와 박민아.

두 사람은 이번 선인 시련을 계기로 모두에게 차기 대장군감으로 불리기 시작했다.

그리고 그 순간 거리가 북적이기 시작했다.

“철혈님이다!”

수확제와 설마다 나타나는 철혈이었으나 그의 등장은 언제나 화제가 될 수밖에 없었다.

철혈 이강진이 선두에 섰고 그 뒤를 청신의 식솔들이 따랐다.

그리고 이강진의 바로 뒤에는 서하의 아버지.

이상원이 서 있었다.

병을 이겨 내고 전보다 더욱 건강해진 그는 황금빛 실로 호랑이와 독수리를 수놓은 흑색 도포를 입고 위풍당당하게 걸었다.

“역시 호부호자(虎父虎子)군.”

압도적인 화려함과 강인함을 보여 주는 옷이었다.

거기에 한때 무과 장원까지 했던 이상원이었으니 남들이 보기에는 위풍당당할 수밖에.

하지만 이상원은 불만 가득한 목소리로 말했다.

“아버지, 왜 제가 서하보다 화려한 거 같죠?”

“내가 자식 놈들 선인 되면 입으려고 했던 것이니 화려할 수밖에. 난 금위대장이 아니었느냐? 그 정도는 입어 줘야 모양새가 나지. 하하하.”

“그러니까 그걸 왜 제가 입는단 말입니까? 전 근위대장도 아닌데.”

“허허, 장원이도 그 옷을 입고 건하 임관식에 갔었다. 세 번 입으려고 맞춘 옷이니 너희라도 한 번씩 입어야 하지 않겠느냐? 이제 경원이만 입으면 되겠구나.”

“어쨌든 저한테는 과분한 옷입니다.”

“그렇게 생각할 필요 없다. 서하도 좋다고 하지 않았느냐?”

“비웃는 표정이었습니다만.”

풉! 웃으며 가던 아들놈의 얼굴이 생각났다.

선인이 되어서도 상원 앞에서는 어린애 같은 서하였다.

그렇게 행진할 때 반대편에서 다른 무리가 나타났다.

신평의 가주. 박진범이 이끄는 행렬이었다.

“오오! 철혈님!”

박진범은 존경심을 담아 이강진의 앞으로 달려와 허리를 숙였다.

“신평의 박진범입니다. 철혈님을 뵙게 되어 영광입니다.”

“반갑네. 훌륭한 여식을 두었더군. 후계자 걱정은 없겠어.”

“아이고, 철혈님 손자분만 하겠습니까? 서하 선인에게는 신평 모두 큰 빚을 졌습니다. 하하하."

그리고는 바로 상원에게 손을 내밀었다.

"서하 아버님 되십니까? 꼭 한 번 뵙고 대화를 나눠 보고 싶었습니다. 임관식까지 같이 가시죠."

상원이 미소와 함께 고개를 끄덕이자 박진범이 앞장서서 걸어가며 말했다.

박진범은 아직 서하를 포기하지 않았다.

선인이 되면서 청신의 가주 후보가 된 서하였기에 더욱 힘들어졌지만 서로가 좋다고만 한다면 바로 결혼을 시킬 수 있도록 준비할 생각이었다.

'그러려면 일단 아버님부터 공략해야지.'

그렇게 생각하던 박진범은 연적이라고 볼 수 있는 유아린을 떠올렸다.

"아……."

우리 민아가 안 되겠다는 생각이 절로 들었지만 이내 고개를 내저었다.

'민아야. 힘내라.'

아비가 딸을 믿어야지 아니면 누가 믿겠는가?

그렇게 연무장에 들어가자 한 남자가 걸어왔다.

연적의 아버지.

화강 유씨의 유현성이었다.

"서하 아버님. 오랜만입니다."

"가주님. 오랜만에 뵙습니다."

유현성은 박진범에게도 악수를 청하며 말했다.

"신평의 가주님, 축하드립니다. 훌륭한 여식을 두셨네요. 우리 사위가 신세를 졌다고 들었습니다."

"하하하, 사위라니요. 아직 식을 올린 것도 아닌데."

"그럼 예비 사위라고 해야겠네요. 하하하."

"예비 사위도 아니죠. 약혼한 것도 아닌데."

"꼭 식을 올리지 않아도 기정사실이라는 게 있는 법입니다."

"하하하, 너무 낙관적으로 보는 건 좋지 않은 버릇입니다."

그렇게 두 사람이 유치한 신경전을 벌이고 있었으나 밖에서 보기에는 가주들의 친목 도모로 보일 수밖에 없었다.

그리고 그 광경에서 눈을 떼지 못하는 한 남자가 있었다.

이번에 중급 무사가 된 운성의 한영수였다.

홀로 앉아 멍하니 가주들의 만남을 지켜보던 한영수에게 한 남자가 걸어오며 말했다.

"오랜만이다. 영수야. 뭘 그렇게 부럽게 보고 있냐?"

한태규.

운성의 새로운 가주 후보로 떠오르는 남자였다.

한영수는 6촌, 재종형제를 슬쩍 보고는 시선을 돌렸다.

"여긴 어쩐 일이십니까?"

"네가 여기 있을 거 같아서. 동기의 선인 임관식 아니냐? 자랑스러울 만하지. 내 동기 중에도 저 나이에 선인이 된 놈은 없었어."

한영수는 엉덩이를 털고 일어났다.

언제부터인가 서하와의 차이를 인정한 한영수였다.

어떤 더러운 방법을 동원해서라도 그를 따라잡으려고 했지만 절대 불가능하다는 것을 깨달았다.

거기서 한영수가 선택한 방법은 단순했다.

노력하는 것이다.

주지율처럼 수련하고, 이서하처럼 위험에 뛰어들면서 정직하게 실력을 키우는 것.

온갖 편법을 사용하던 한영수가 깨달은 유일한 해결책이었다.

그러나 운성의 가주 한백사는 그것이 마음에 들지 않았다.

한백사가 원하는 것은 자신이 시키는 대로 움직이는 꼭두각시였다. 하지만 한영수는 실을 끊고 스스로 움직이려고 했다.

그 결과 운성에서의 지원은 끊기고 한영수는 운성의 한영수가 아니라 중급 무사 한영수라는 이름으로 일 년을 버텼다.

한태규는 열등감으로 가득한 6촌 형제를 보며 미소를 지었다.

'그래, 너에게도 이상이 있겠지.'

그러나 이상은 현실이 될 수 없다.

이서하처럼 자신의 힘으로 권력을 쟁취하는 사람이 있다면 운성처럼 다른 능력 있는 인간을 조종해 올라가는 이도 있는 법이었다.

'호랑이가 날지 못한다고 독수리보다 못난 것은 아니다.'

한태규는 한영수의 어깨를 두드리며 일어났다.

"올해 말에는 일정을 비워 둬라. 모두 운성으로 모이라는 가주님의 지시다."

"저는 들은 것이 없는데요."

"그러니까. 그게 지금 네 위치라는 거지."

한태규는 미소를 지어 보이고는 한영수에게서 멀어졌다.

'계속 멍청하게 있어라.'

그래야 운성이 한태규의 손에 떨어질 테니 말이다.

◆◈◆

저 아저씨들은 왜 저러고 있을까?

선인 임관식 내내 신경전을 벌이는 박진범과 유현성을 보며 나는 한숨을 내쉬었다.

하지만 자기 아버지가 그러거나 말거나 박민아는 신경도 쓰지 않고 외쳤다.

"오오! 드디어 이 백의를 입는구나."

어린애처럼 굴기는.

중요한 것은 선인이 되었다는 것이지 이 백의는 그리 중요하지 않은 법…….

"서하야. 나 입어 봐도 되냐?"

"어허! 선인도 아니면서 어딜!"

"와, 알았다. 알았어. 치사해서 내가 내년에 입는다."

상혁이는 머쓱하게 뒤로 물러났다.

어린노무 자식이.

내가 이걸 입으려고 몇백 년을 기다렸는데 때라도 타면 어쩌려고.

그렇게 임관식 준비를 하고 있을 때였다.

"곧 임관식입니다. 준비는 다 되셨나요?"

이정문이 들어오며 말했다.

"백의는 잘 맞으십니까? 연습하신 동선대로 움직이시기만 하면 됩니다. 옷이 잘 맞는다면 가져가도록 하겠습니다."

"저기요. 이정문 씨."

"네?"

"저랑 대화할 게 있지 않을까요?"

이정문은 무표정하게 나를 바라보다 고개를 숙였다.

"마물에 관한 이야기라면 제 불찰로 그런 일이 벌어진 것임을 인정합니다. 진심으로 고개 숙여 사과드립니다."

"어허, 그걸로 넘어가려고 하시나. 사람 목숨이 걸린 일이었는데."

"무슨 말을 하고 싶으신 거죠?"

"이제 바로 시작이라. 임관식 끝나고 말씀드려도 될까요?"

"네, 시간 비워 놓겠습니다."

여전히 무뚝뚝하네.

만백산에서 마물을 처음 만났을 때는 온갖 생각이 들었지만, 결과적으로는 오히려 득이 된 상황이었다.

이정문의 인생관은 간단하다.

나는 절대 실수를 안 하니 너희들도 실수하지 마!

이런 느낌이다.

하지만 난 이정문의 실수로 목숨을 잃을 뻔했다.

'이정문은 나에게 큰 빚을 진 셈이지.'

즉, 저 원칙주의자를 내 맘대로 구워삶을 수 있다는 소리다.

"크크크크."

생각보다 일이 잘 풀리는구먼.

그러자 박민아가 말했다.

"기분 나쁘게 웃지 말고 빨리 준비해. 지금 나갈 거야."

기분 나쁘게 웃었었나?

이윽고 하인들이 들어와 백의를 정리한 뒤 문이 열렸다. 단상 위로 올라가자 국왕 전하 대신 임관식에 참석한 신유민 저하가 손을 내밀며 말했다.

"잘했다. 금방 올라왔구나."

"태자 저하께서 도와주신 덕분입니다."

"하하하, 한 것 하나 없이 들으니 민망하구나. 자, 입거라."

신유민 저하가 손수 백의를 입혀 주었고 사방에서 박수갈채가 쏟아졌다.

백의선인.

'드디어…….'

제대로 된 권력을 손에 넣는 순간이었다.

◆ ◈ ◆

선인 임관식이 끝나자마자 나는 할아버지와 함께 궁으로 향했다.

"국왕 전하께 먼저 인사를 드리자."

몸이 좋지 않은 국왕 전하는 개인 정원에서 홀로 산책하는 중이었다.

작년과는 다르게 창백해진 얼굴. 눈에 띄게 얇아진 팔과 다리로 전하의 상태가 심각함을 알 수 있었다.

'몸이 많이 안 좋아지셨네.'

전하는 지금부터 앞으로 1년 조금 넘는 시간을 버티신다.

'생각보다 위중하셨었구나.'

그 때문에 약선님이 설산백초를 찾아온 것이지만 아마도 별 효력은 없을 것이다.

'특별한 증상도 없고, 그 어떤 약도 통하지 않으며, 아무리 강대한 무인이라도 시름시름 앓다가 죽는 병은 하나다.'

국왕 전하가 병으로 죽는다는 사실은 알고 있었으나 회귀 전 직접 용안을 뵐 기회는 없었기에 어떤 병인지는 유추할 수 없었다.

하지만 이제는 무슨 병이 전하를 죽이는 것인지 알 것만 같다.

갈리아 제국어로 카르키노스.

우리 말로 표현하자면 악성 종양 정도로 볼 수 있는 병이다.

갈리아 제국에서는 수십 년 전부터 병명을 확정하고 이를 치료하기 위한 여러 가지 실험을 해 보았으나 제국이 멸망하는 그 순간까지도 찾아낼 수 없었다.

'고칠 수 있는 병이라면 좋았을 텐데.'

폐석증처럼 갈리아 제국에서라도 고칠 수 있는 병이었다면 내가 어떻게 했을 테지만 카르키노스라면 답이 없다.

걸린 사람은 무조건 죽는다.

그저 조금 더 버티느냐, 못 버티느냐의 시간 문제일 뿐.

다 죽어 가는 몰골이었으나 신유철 전하는 할아버지를 보자마자 활짝 웃으며 말했다.

"이강진. 세 부자가 함께하는 걸 보니 보기 좋구나."

"전하."

할아버지는 씁쓸한 미소를 지었다.

"이제 가문에 뛰어난 선인이 둘이나 있으니 걱정이 없겠어. 하하하."

"과찬이십니다. 전하."

"내 손자들도 좀 잘 지냈으면 좋겠는데 말이야."

그리고는 씁쓸하게 웃었다.

신유민과 신태민.

두 사람의 뜻이 다르고 야망이 다른 이상 부딪치는 것은 기정사실이었다.

신유철 전하는 신유민 저하에게 힘을 실어 주며 싸움을 억제하려는 듯했으나 이는 명백히 실책이다.

애초에 싸움을 막으려면 둘 중 하나를 완전히 회생 불가능할 정도로 모질게 쳐 내야만 한다.

하지만 신유철은 그럴 수 없었다.

아무리 잔혹한 사람이라도 손자에게는 그저 인자한 조부일 뿐이니까.

신유철 전하는 씁쓸한 얼굴로 나를 바라보다 말했다.

"서하가 유민이를 많이 도와주길 바란다."

"온 힘을 다하겠습니다."

그렇게 알현이 끝나고 할아버지는 깊게 숨을 내쉬었다.

오랜 친구이자 주군이 야위어 가는 것이 마음에 걸리시겠지.

나는 슬쩍 아버지에게 말했다.

"아버지도 몸 관리 잘하셔야 합니다. 언제 재발할지 몰라요."

내 걱정에 아버지는 피식 웃으며 말했다.

"안 그래도 요즘 다시 운동하고 있다. 검도 좀 휘두르고. 선인 되는 거 금방이지."

"할아버지와 같이하시나요?"

"어쩌다 보니 그렇게 되었다."

두 분의 사이가 조금은 더 좋아진 것만 같다. 근데 할아버지랑 수련하면…….

"그럼 수명이 더 줄지 않을까요?"

"사실 좀 그런 느낌이 나고 있어. 매일 죽을 거 같더구나."

"두 놈이 내 앞에서 못 하는 소리가 없구나."

할아버지는 나와 아버지의 너스레에 껄껄거리며 웃다가 말했다.

"선인이 되었으니 앞으로는 위험한 일은 피하며 천천히 나아가거라. 조급하게 공을 쌓을 필요는 없다. 시간이 해결해 주는 것도 있는 법이야."

"명심하겠습니다."

하지만 난 할아버지의 조언을 한 귀로 듣고 흘렸다.

기묘년(己卯年).

그나마 가장 사건이 없는 평화로웠던 작년에도 요단강 직전까지 간 것이 몇 번인가.

당장 선인 시련에서도 죽을 뻔할 줄은 몰랐다.

이거 내가 운이 좋은 건지 나쁜 건지 헷갈리기 시작한다.

'아니지, 운이 좋은 거야.'

이정문과 관계를 만들 수 있는 계기가 될 테니 말이다.

어쨌든 이제 경진년(庚辰年).

왕국 최악의 3년의 시작을 알리는 해였다.

할아버지의 조언을 따라 얌전하게 적당한 임무를 수행하

기에는 너무나도 중요한 해다.

아니, 나에게 중요하지 않은 시기가 있던가.

'일단 이정문을 만나 보자.'

이정문과 대화를 한 뒤 제대로 올해 계획을 세워 볼 생각이었다.

"전 약속이 있어 가 보겠습니다. 할아버지."

"그래, 저녁에 보자꾸나."

나는 그렇게 병참부로 향했다.

병참부는 언제나 마찬가지로 분주했다.

굳이 바쁘게 움직이는 사람을 잡고 물어보지 않아도 이정문의 위치는 특정할 수 있었다.

특별한 일이 있지 않는 한 사무실에서 절대 움직이지 않는 그녀였으니 말이다.

난 그녀의 사무실 안으로 들어가 문을 두드리며 말했다.

"바쁘십니까?"

내가 안으로 들어가자 이정문은 눈을 치켜올린 뒤 붓을 놓았다.

"언제나 바쁘죠. 병참부는 일이 많아서요."

병참이라는 건 그냥 있는 식량을 수레에 실어 보내는 것이 아니다.

수도에 남은 저장량, 올해의 수확량, 수레의 수, 길의 정비 상태 등등을 전부 확인해야 하며 동시에 모든 가문과 무기, 식량, 의약품 등을 거래해야 한다.

한마디로 거대한 병참의 강을 한 명의 인간이 조절해야 한다는 것이다.

이정문은 그런 병참부 안에서도 모든 일을 독박 쓰고 있었다.

'자기가 답답해서 하는 일이지만…….'

남들이 하는 일이 마음에 안 들어 자기 혼자 일을 하는 유형의 사람이었다.

이거 전미도 선인이랑 붙여 놓으면 볼만하겠다.

'현장에서 완벽주의, 후방에서 완벽주의. 부하들 토 나오겠네.'

나중에 둘을 붙여 놓는 것도 괜찮을 것만 같다.

이정문은 하던 일을 마무리 지은 뒤 자리에서 일어났다.

"일각 정도 쉬죠. 하실 말씀이 무엇입니까. 이서하 선인님."

임관식이 끝나자마자 깍듯하게 선인이라고 불러 주는 이정문이었다.

"이번 실수 대신이라고 하기는 뭐하지만, 부탁이 하나 있습니다."

"말씀하시죠."

"앞으로 저희 광명대의 보급은 이정문 씨가 맡아 줬으면 좋겠습니다."

"그건 위에서 결정할 일입니다만……."

"이장원 부장님에게도 말을 해 놓을 생각입니다. 그건 걱정하지 않으셔도 됩니다."

"그럼 저에게 부탁할 이유가 없을 텐데요."

이정문의 말대로 어떤 부대를 누가 담당할지 선택하는 것은 병참부장의 권한이었으니 하고 싶으면 마음대로 해도 된다.

하지만 난 이정문의 심기를 건드리고 싶지 않았다.

그녀는 마치 기계와 같은 사람이다.

원인과 결과를 확실하게 한다면 아무런 문제가 없지만 약간이라도 이상한 점을 느낀다면 불편해한다.

그럼 아무리 이정문이라도 능률이 떨어질 수밖에 없다.

그러니 미리 양해를 구해 놓는 것이다.

갑자기 보직이 변경되더라도 이해하게끔 말이다.

"그러니까 다른 일을 하다가도 광명대가 원정을 나가면 그 보급을 제가 하라는 거네요."

"그렇죠."

"그럼 하던 일은 전부 인수인계해야 하고 처음부터 다시 예산과 계획을 짜서 진행해야 하고요."

"네, 그렇죠."

"후우……."

일이 배로 많아지는 셈이었다.

이정문은 한숨을 쉬고는 가만히 생각하다 말했다.

"그걸 저에게 말한다는 것은 선택권이 저에게 있다는 뜻인가요?"

"그런 의미도 있습니다."

"그럼 안 하겠……."

"진짜 이번에 얼어 죽었으면 우리 할아버지가 얼마나 슬퍼하셨을까요? 약선님도 제자를 잃고 힘들어했겠죠? 이게 정보를 제대로 파악 못 한 누구 때문에 벌어진 일이었는데……."

"그건 약선님과 철혈님께서 정보를 숨기시는 바람에 벌어진 일입니다. 제 잘못은 없습니다만."

"하지만 제가 문제 제기를 하면 누군가는 책임을 져야 하고 저 두 사람은 책임을 지지 않겠죠. 국왕 전하의 둘도 없는 친구들인데."

"……."

이정문은 가만히 나를 바라보다가 어이없다는 듯이 웃으며 말했다.

"권력을 잘 사용하시네요?"

"실수를 잘 사용한다고 하죠."

"후우, 잘못 걸렸네."

이정문은 머리를 쓸어 올리고는 고개를 끄덕였다.

"알겠습니다. 그렇게 하죠. 무조건 광명대 우선. 그거면 되는 겁니까?"

"그럼요. 그것만 약속해 주시면 됩니다. 그럼 그렇게 알고 저희 큰아버지한테 말해 놓을게요."

됐다.

이정문이 보급을 해 준다면 적어도 밥을 못 먹어 싸움에서 지는 일은 없을 것이다.

실제로 나찰과의 전쟁 도중 모든 보급로가 끊어진 상태에서도 길을 만들어 보급해 내던 위인이니 말이다.

'적어도 내부의 적과 싸우다 죽을 일은 없어졌다.'

우리 큰아버지는 꽤 능력 있는 사람이지만 이정문만큼은 아니었으니 말이다.

자리에서 일어나 밖으로 나가려고 하자 이정문이 말했다.

"그런데 왜 저입니까? 다른 병참 담당도 많은데요."

너무 당연한 걸 물어본다.

나는 생각도 하지 않고 바로 답해 주었다.

"그쪽이 최고니까요."

"……그렇네요."

처음으로 기분 좋게 미소를 지어 보이는 이정문이었다.

"보급도 해결되었고, 부대원은 훈련하는 사람들 넣으면 될 거고……. 거의 다 됐네."

훗날 부대가 커질 때를 대비해 보급 담당도 만들어 놓은 상태였다.

이제는 계속해서 임무에 나가 공을 세우고 광명대를 더욱 크게 만드는 것에 집중하면 된다.

하지만 일의 우선순위는 정해 놔야만 한다.

나는 경진년에 일어나는 굵직굵직한 사건들을 다시금 정리해 보았다.

'가장 먼저 해결해야 하는 일은…….'

청신동란(靑申動亂)이다.

청신동란(靑申動亂)에 대해 내가 가진 정보는 딱 하나뿐이다.

철혈 이강진이 자리를 비웠을 때 불시에 나찰이 습격을 가했고 그로 인해 청신에 주둔하고 있던 철혈대는 큰 피해를 입는다.

'공격을 한 주체는 알 수 없었어.'

청신 자체에서 기록한 것에 따르면 내부와 외부에서 동시에 전투가 시작되었다고 한다.

그러나 그것이 내부에 배신자가 있었던 것인지, 아니면 적이 청신에 들어와 잠복해 있던 것인지는 알아내지 못했다.

게다가 나찰을 보았다는 말도 있고, 인간들이었다는 말도 있다.

'나찰이 인간과 협력할 리가 없다고 판단했었지.'

그렇기에 나찰이 있었다는 말은 착각으로 치부했다.

하지만 은월단이라면 인간과 나찰, 혼합 부대를 보낼 수 있다.

'은월단이 청신을 노린 것일까?'

아니면 단순 착각일까?

'어둠 속에서 전부 엉켜 싸웠으니 오해했을 수도 있지.'

어쨌든 청신동란의 결과, 철혈대와 함께 신유민의 무력도 소멸하였다.

'할아버지가 신유민 저하의 뒷배였으니까.'

회귀 전, 신유민은 만약 무슨 일이 일어나도 수도 바로 옆 청신에서 도와줄 수 있다고 여겼을 것이다.

고작 반나절만 어떻게 도망쳐 다니면 무신을 등에 업고 태자를 공격한 반역자 동생을 쳐 낼 수 있다고 생각했겠지.

그렇기에 더 무사들을 포섭하지 않은 감도 있다.

'하지만 철혈대가 사라져 버리고 청신이 흔들리면서 그 균형이 무너져 버린다.'

이후 할아버지가 가주에서 물러나고 이건하가 가주가 되면서 청신의 패권은 전부 신태민 쪽으로 넘어간다.

'이후 할아버지는 변변한 부하도 없이 홀로 분전하시다 나찰에게 돌아가신다. 그래서 훗날 전문가들은 처음부터 할아버지를 노린 공격이라고 평가했었지.'

가장 강력한 전력이자 정신적 지주인 철혈 이강진을 잃으며 인간들은 조직적으로 움직이는 나찰에게 밀리기 시작한다.

결과적으로 이번 동란이 청신 몰락의 시발점이자 왕국 몰락의 신호탄이라고 볼 수 있었다.

'일단 이걸 막는다.'

지금은 아버지도 청신에 있다.

가장 좋은 방법은 할아버지가 도시를 떠나지 않는 거지만…….'

신유철 전하와의 마지막 여행.

어떻게 그것을 막을 수 있을까?

설령 이 참혹한 미래를 알고 있다고 한들 할아버지는 친우와의 마지막 여행을 떠날 분이었다.

만약 내가 할아버지를 설득해 도시에 앉혀 놓더라도 적은 작전을 포기하지 않을 것이다.

'언제 터질지 모르는 폭탄을 안고 살아가는 셈이 되는 거지.'

회귀를 하면서 내가 세운 절대적 기준 중 하나.

그것은 미래를 바꿀 때는 최대한 보수적으로 바꿔야 한다는 것이다.

억지로 동란을 억제할 경우 그것이 내가 예상치 못한 타이밍에, 더 최악의 결과로 터질 수도 있다는 걸 생각한다면 차라리 동란이 터지는 것을 유도한 뒤 피해를 최소화하는 쪽이 나을 수 있다.

"후우. 해내야지."

긴장되기 시작했다.

'괜찮아. 지금까지 다 해냈잖아.'

화강도 지켰고, 신평도 지켰다.

이제 나의 도시. 청신을 지켜야 한다.

'이번 일을 잘 해내면 이건하가 가주가 되는 것도 막을 수 있을 거야.'

청신동란을 계기로 더 빠르게 가주가 되는 이건하였다.

만약 이 동란을 막는다면 내가 청신의 가주가 될 가능성이 더욱 커진다.

'당장 이건하의 위로 올라가지는 못하겠지만 적어도 동급으로는 설 수 있다.'

청신의 가주가 되는 것 또한 내 계획의 일부였으니 가장 중요한 일이라고 할 수 있었다.

"움직여 보자."

경진년(庚辰年).

그렇게 격동의 3년의 첫해가 시작되었다.

선인 시련이 끝난 후 박민아는 신평으로 돌아가는 것으로 결정되었다.

각 가문의 자제들은 전쟁 같은 특수한 상황을 제외하고는 신청만 하면 언제든 자신의 가문으로 돌아갈 수 있었다.

선인이 되고 난 후에는 본인의 가문에서 활동하는 것만으로도 전공을 쌓을 수 있었으니 굳이 수도에 남아 활동할 이유가 없다.

그렇게 전입 신청을 한 박민아는 마지막으로 서하와 약속을 잡았다.

선인 시련의 유일한 동기이자 반쯤은 서하 덕에 통과한 셈이었으니 밥 한 끼 정도는 사야 하지 않겠는가?

그렇게 옷을 입을 때 박민주가 들어오며 말했다.

"언니. 치마 입었어?"

"응?"

"좋아하는 남자 생겼나 봐! 어떡해! 누구야?"

1학년 진급 시험 이후 언니와 부쩍 친해진 민주는 이제 농담도 스스럼없이 하는 사이가 되었다.

박민아는 호들갑을 떠는 동생을 바라보다 저고리를 여미며 말했다.

"그런 거 아니거든?"

"그럼 맨날 남자처럼 무복만 입던 언니가 왜 치마를 입었을까? 분홍분홍한데?"

"동생아. 분위기라는 게 있잖아. 내가 그럼 수도 최고의 관(館)에 가면서 무복을 입고 가겠니? 언니 그렇게 사회성 없지 않아."

"호오, 그럼 만남의 장소가 저기 명월관이야? 그 사랑이 다 이루어진다는 바로 그 명월관?"

"우리 민주가 깐족거리는 게 늘었네?"

박민아는 도망치려는 박민주를 잡아 머리를 헝클어트리고는 말했다.

"꺄악! 아니, 진짜로. 그래서 누구 만나는데 그래?"

"서하한테 밥이나 한 번 사려는 거야. 별거 없어."

별거 없다고 하기에는 하인들이 들고 있는 옷가지 수가 10개는 넘어갔다.

박민주는 도끼눈을 뜨고 하인들을 바라보다 말했다.

"그렇구나……. 경쟁자가 너무 강하지만 그래도 응원할게 언니."

"야, 너……!"

"난 그럼 훈련 있어서!"

박민주가 도망치듯 사라지자 박민아는 피식 웃으며 앞의 거울을 바라봤다.

"아, 키가 조금 더 컸으면 좋겠네."

뭘 입어도 만족스럽지 않은 기분이었다.

그렇게 고심 끝에 나간 명월관(明月館).

서하는 미리 와서 기다리고 있었다.

"많이 기다렸어?"

"아뇨, 저도 방금 왔어요. 그런데 옷이……."

박민아는 옷이라는 말에 당황한 듯 표정을 굳혔다.

이상하다고 할까? 하긴 지금까지 민주의 말대로 무복만 열심히 입고 다닌 그녀였다. 하인들이 어떻게 꾸며 준다고 했지만 어색할 수밖에…….

"그렇게 좀 입고 다녀요. 의외로 분홍색이 잘 받으시네."

"……그래?"

박민아는 히죽 웃고는 안으로 들어갔다.

"신평으로는 내일 가시나요?"

"응. 이제 선인도 되었으니 신평에서 경험도 좀 쌓고 무사들이랑도 친해지고 그래야지. 너는 청신으로 안 갈 생각이야?"

"광명대를 키워야죠."

박민아는 빙긋 웃었다.

'그렇겠지.'

가문으로 돌아간다는 것은 야망이 없음을 뜻한다.

물론 신평의 가주가 되는 것을 야망이 없다고 말할 수는 없지만 이 나라의 대장군이 되기 위해서는 왕국군 소속으로 공을 세워야 한다.

"나도 일 년만 늦게 태어났어야 하나……?"

"네?"

"아니야."

박민아는 웃으며 말했다.

"그럼 서로 힘내 보자고. 나중에는 같이 일할 수 있겠지."

그렇게 수도에서의 마지막 밤이 지나갔다.

◆◈◆

유독 추웠던 겨울이 지나가고 봄이 다가왔다.

꽃이 피기 시작하는 계절.

나와 광명대는 열심히 임무를 수행하며 착착 공을 세워 나가고 있었다.

여느 때와 같이 마수 토벌이 끝나고 상혁이는 머리에 물을 뿌리며 말했다.

"우린 언제 중대가 되냐? 소대치고도 작은 편이잖아."

"하긴 그건 그렇지."

보통 소대가 10명을 꽉 채운다는 걸 생각한다면 고작 5명뿐인 우리 소대는 반절 크기밖에 되지 않는다.

하지만 그렇다고 아무나 증원했다가는 오히려 짐이 될 수 있다.

혹시나 실수로 임무 중 사망하기라도 한다면 내 친구들 모두 충격에 빠지지 않을까?

동료를 잃은 충격을 이겨 내지 못하고 은퇴하는 무사의 수를 생각한다면 소대원도 잘 짜야만 한다.

'미래를 생각해야지.'

지금의 소대원들은 훗날 내 부관들이 될 사람들이다.

아린이, 상혁이, 민주, 그리고 지율이까지 전부 내가 이끌 광명대의 한 자리를 차지하겠지.

그러니 굳이 누군가를 모집한다면 실력이 있으며 광명대의 부족함을 채워줄 수 있는 그럼 사람을 뽑아야만 한다.

이미 후보도 있으니 서두를 필요는 없다.

"안 그래도 올해 최소한 한 명은 들일 생각이야."

이윽고 사방으로 흩어졌던 지율이, 아린이, 그리고 민주가 임무를 마치고 돌아왔다.

그렇게 수도로 들어선 나는 바로 이정문을 만나러 향했다.

"일각마(一角馬) 30마리를 잡았습니다."

"수고하셨습니다. 뿔의 상태는 어떻죠?"

"흠집 하나 없게 잡았습니다. 최상등품으로 말이죠."

"알겠습니다. 그렇게 기록하죠."

이정문은 광명대의 모든 서류 작업을 맡아 주었다. 대충 사냥을 한 뒤 보고하면 알아서 정리해 정산해 주니 이렇게 편할 수가 없다.

"아, 그리고 새로운 소대원을 좀 모집해 볼까 합니다. 이번에 무과에 합격한 무사들로요."

"괜찮은 무사가 있는지 알아볼까요? 아니, 그것도 제가 해야 합니까? 병참 일은 아닌 거 같은데."

"사람 하나만 찾아 주면 됩니다. 어렵지 않잖아요."

"어렵지는 않죠. 귀찮을 뿐."

"에이, 우리 이정문 씨라면 손가락만 튕겨도 될 일일 텐데."

"제가 무슨 나찰입니까? 요술이라도 부리게."

저렇게 투덜거려도 어차피 해 줄 것이다.

이정문은 그런 사람이니까.

“제가 찾는 건 정이준이라는 무사입니다. 무과에 합격했을 겁니다. 어느 부대에 배치되었는지 알아봐 주시기 바랍니다.”

내가 생각한 후보는 딱 한 명.

내 1년 후배인 정이준이었다.

‘애초에 내 계획안에 있던 친구니까.’

회귀 전에도 정이준과는 어느 정도 인연이 있다.

좋은 인연은 아니었지만 말이다.

“그거야 어렵지는 않은데 그냥 병조에 가서 요청하면 되는 거 아닙니까? 신유민 저하에게 부탁해서.”

“지금 말고 이후에 데리고 오고 싶어서요.”

청신동란에는 데려갈 수 없다.

아직 정이준의 실력은 지율이나 민주에게도 비빌 수 없는 수준일 것이다.

그런 놈을 데려갔다가 동란 도중 목숨이라도 잃으면 어떡하겠는가.

“일단 찾아서 대기 발령만 시켜 주세요. 다른 곳에서 채 가지 못하게.”

“쯧, 알겠습니다. 그렇게 하죠. 그리고 약선님이 보자고 하십니다.”

“약선님이요?”

“네, 상담하고 싶은 것이 있으시다고. 바로 와 달라고 하셨습니다.”

“아, 뭔 일인지는 알겠네요. 알겠습니다. 그럼 나중에 뵙죠.”

약선님이 무슨 말을 하고 싶어 나를 불렀는지는 알 것만 같았다.

‘국왕 전하의 상태가 호전되지 않았겠지.’

설산백초를 복용하였음에도 국왕 전하의 몸 상태는 전혀 나아지지 않았다.

그럴 수밖에 없다.

영약으로 어떻게 해 볼 수 있는 병이 아니니까. 그렇게 의원에 도착하자 약선님이 말했다.

“왔느냐? 한 가지 물어볼 것이 있어서 불렀다.”

“국왕 전하의 병환에 대해서입니까?”

“그래, 넌 눈치가 빠르니 이미 알고 있었겠지. 혹시 폐석증처럼 내가 알지 못하는 치료 방법이 있느냐?”

“애석하게도 없습니다.”

약선님은 담담하게 고개를 끄덕였다.

“혹시 무슨 병인지는 아느냐?”

“네.”

나는 카르키노스, 이 특별한 악성 종양에 관해 설명을 시작했다.

이 병은 약을 이용한 치료는 불가능해 절제 말고는 방법이 없다.

하지만 이미 국왕 전하의 상태를 보아 종양을 제거하면 장기가 손상되어 살아남을 수 없을 것이다.

"그 어떤 약초도 통하지 않는다는 거구나."

"네, 지금은 절제도 불가능합니다. 한 5년 전이었다면 가능했을지 모르지만……."

그때 병을 알아차리는 건 불가능하니 하나 마나 한 이야기였다.

약선님은 작게 한숨을 내쉬고는 말했다.

"그럼 허가할 수밖에 없겠구나."

"허가라니요?"

"국왕 전하께서 여행을 가자고 하시는구나."

드디어 올 것이 왔다.

무인은 자신의 몸 상태를 누구보다 빠르게 알아차린다.

아마 신유철 국왕 전하께서도 자신에게 남은 시간이 그리 많지 않다는 것을 눈치채고 있었을 것이다.

인생의 마지막 순간 사람은 무엇을 하고 싶을까?

누군가는 자신이 이루지 못한 대업을 생각하고 누군가는 자신이 두고 갈 소중한 사람들을 생각한다.

'신유철 국왕 전하도 친우와 마지막으로 추억을 쌓고 싶으시겠지.'

이미 대부분의 국정은 신유민 저하에게 맡기고 있었다.

국왕 전하가 떠난다고 하더라도 이 나라는 어느 정도 잘 굴러갈 것이다.

"어디로 가실 생각이십니까?"

"바다에 가서 낚시도 하고 오랜만에 등산도 해 보고 그러고 싶다고 하시는구나."

"좋은 생각인 거 같습니다. 오히려 그렇게 편하게 하고 싶은 걸 하시는 편이 더 오래 사실 수 있을 겁니다."

"그렇겠지."

약선님은 씁쓸하게 웃고는 말했다.

"그래, 강진 형님에게도 상황을 말해 줘야겠구나."

"그럼 언제 출발하실 예정이십니까?"

"당장 내일이라도 출발하고 싶지만 준비할 게 있으니 일주일은 걸릴 것이다."

"네."

일주일.

그 이후 언제라도 동란이 일어날 수 있다는 뜻이었다.

'빨리 움직이자.'

할아버지가 도시를 떠나기 전에 청신으로 돌아가야 하니 말이다.

Chapter 64.

Chapter 64.

청신으로 발령을 받는 것은 어렵지 않은 일이었다.

신유민 저하에게 부탁 한 번이면 도장이 쾅! 찍히니 말이다.

이래서 사람은 뒷배가 중요하다.

그렇게 청신으로 향하는 길. 상혁이가 기분 좋은 듯 기지개를 켜며 말했다.

"완전 휴가네. 휴가. 치안 유지 임무를 청신에서 할 줄이야."

"……그러게."

청신은 수도보다도 치안이 좋은 도시로 유명했다.

누가 감히 무신이 가주로 있는 도시에서 문제를 일으키겠는가?

그런 도시에 치안 유지 임무라니. 누가 봐도 휴가였다.

'사실은 또 위험한 임무를 하러 가는 셈이지만…….'

나는 말 위에서 춤을 추는 상혁이를 바라보다 고개를 흔들었다.

더 헛된 꿈을 꾸기 전에 슬슬 말해 주자.

"근데 상혁아. 내가 하는 일이 안전한 적이 있던가?"

"하긴, 그건 그래. 갑자기 청신으로 발령이 난 것도 그렇고……."

상혁이는 나를 힐끗 보더니 말했다.

"그래도 너희 할아버지가 있는데 무슨 일이야 있겠냐?"

하지만 상혁이의 꿈은 입구에서부터 산산이 조각났다.

"서하 왔느냐? 이 할아버지가 없는 동안 청신을 부탁하마."

"네, 걱정하지 마세요. 할아버지."

할아버지가 여행을 떠난다는 사실을 그제야 안 상혁이는 멍하니 할아버지가 떠나는 뒷모습을 바라봤다.

"알고 있었지, 너? 응? 철혈님이 떠나는 거 알고 있었지?"

"마음의 준비는 하고 있어라. 나도 뭔 일이 어떻게 터지는지는 잘 몰라."

"아, 갑자기 배가 아파서 난 은악으로 돌아가야겠다. 내가 우리 집 변소가 아니면 똥을 못 싸요."

"청신에서 산 시간만 합쳐도 1년은 되면서 무슨."

풀이 죽은 상혁이를 뒤로하고 안으로 들어가자 황 노인이 나를 반겼다.

"어서 오십시오. 도련님. 이제 선인님이라고 불러 드려야 할까요?"

"황 할아버지. 오랜만입니다."

항상 할아버지와 함께 하는 황 노인이었으나 이번에는 청신에 남은 듯싶었다.

어차피 국왕 전하 호위야 할아버지 한 명으로도 충분할 테니 말이다.

"식사를 준비해 두었습니다. 안으로 드시죠."

"아, 그보다 먼저……."

나의 말에 황 노인이 고개를 갸웃했다.

할아버지가 떠났으니 바로 본론으로 들어가야만 한다.

나는 단도직입적으로 물었다.

"청신에 파벌이 몇 개입니까?"

순간 황 노인의 표정이 굳었다 미소로 바뀌었다.

"단순히 쉬러 오신 건 아니시군요."

"이제 막 선인이 됐는데 쉴 시간이 있겠습니까?"

나는 앞으로 걸어가며 말했다.

"내부 파악부터 시작하겠습니다. 황 할아버지가 많이 도와주셔야 합니다."

"기꺼이 도와 드리겠습니다."

일단 내부의 적부터 골라내도록 하자.

청신(靑申).

이강진이라는 거목의 그늘에서 발전해 온 이 작은 산골 도시는 이제 나라에서도 알아주는 거대 도시가 되었다.

남부에서 수도를 향할 때 꼭 들려야 하는 교역 도시이며 동시에 청신학관을 통해 유입되는 생도들로 인한 경제 효과까지.

그렇게 황금기를 맞이한 청신은 이 왕국에서 가장 살기 좋은 도시가 되었다.

그러나 개인의 힘으로 이룩한 평화가 평생 갈 리는 없었다.

"파벌이라고 하기는 뭐하지만 세 가지 분류의 무사들로 나눌 수 있습니다. 첫 번째로 순수하게 가주님을 따르는 이들과 이건하 도련님을 따르는 이들입니다. 부대로 따진다면 2,3,4번 대가 이건하 도련님을 따른다고 볼 수 있습니다."

"1번 대 빼고는 다네요."

"세대교체가 이루어진 것이죠."

청신의 무사들은 대부분 나의 할아버지, 철혈을 따르기 마련이다.

무신(武神)을 옆에 두고 그를 흠모하지 않을 무사들이 있을까?

그러나 할아버지는 늙고 있다.

아직도 그의 실력은 전혀 녹슬지 않았으나 정치에서도 물러났으며 도시 관리 또한 작은아버지인 이경원에게 맡겨 놓은 상태였다.

간혹 보여 주는 무예는 아직 존경받기 마땅하나 더 큰 꿈이 있는 무사들에게는 야망이 없는 것처럼 비춰질 수 있었다.

'이건하도 이제 30대니 슬슬 가주가 될 때가 되었지.'

이건하는 이제 전성기를 맞이하는 야망 가득한 지도자로 무사들이 보기에는 황금 동아줄로 보일 것이다.

잡는 순간 달이든 태양이든 데려다줄 천상의 동아줄.

내가 회귀하기 전 이건하는 청신의 가주임과 동시에 신태민 국왕의 오른팔이 되었으니 과장된 표현도 아니다.

물론 결과는 좋지 않았지만 말이다.

'어차피 다 같이 나찰의 밥이 돼 버리지.'

그나저나 세 가지?

아직 하나가 더 남았다는 건가?

설마 나?

하긴, 말이 안 되는 건 아니다.

무과 장원 급제, 최연소 선인이 된 내가 차기 가주 후보로 올라와도 전혀 이상할 것이 없으니 말이다.

"그럼 마지막 파벌은 설마 저를……."

"마지막 파벌은 외인입니다."

외인?

황 노인은 입꼬리를 올리며 말했다.

"아직 도련님의 파벌이 생기기에는 시간이 좀 필요할 거 같습니다."

"아, 그냥 넘어가 주시죠. 그나저나 외인이라뇨?"

"청신은 수도의 관문과 같습니다. 혹시나 모를 반군이 수도로 진군할 때 꼭 지나야 하는 그런 장소죠. 이건하 도련님은 청신에 부대를 증원해야 한다고 했고 가주님이 승낙하셨습니다. 그렇게 청신학관 출신이 아닌 이들이 총 3부대 신설되었습니다."

"그게 몇 년 전이죠?"

"이제 일 년 정도 되었습니다."

"전 들은 적이 없는 일이네요."

"아마 도련님이 굳이 알 필요가 없는 것이라 말하지 않은 것으로 생각합니다."

"그건 그렇네요."

황 노인의 말대로다.

할아버지도 아버지도 그런 일에 대해 말하는 사람들은 아니었으니 말이다.

"그럼 뭔가 문제나 파벌 싸움 같은 건 없습니까?"

"싸움이라고 할 것은 없지만 청신의 특별함은 많이 희석되었습니다. 대부분이 청신학관 출신이던 과거와는 달리 외부인이 많이 들어왔으니까요. 그 때문에 다른 문제가 많이 일어나고 있습니다. 외인들은 무사로서의 특권을 누리고 싶어 하고 청신의 시민들은 그런 것에 익숙하지 않으니까요."

"그렇군요."

이건하는 외부 무사들을 왜 들이자고 했을까?

자기 지지 세력을 늘리기 위해? 아니면 청신의 특별함을 희석시키기 위해?

어찌 됐든 외부 무사들 또한 이번 동란에서 핵심적인 역할을 하기는 할 것이다.

'할 일이 많겠네.'

일단 가장 중요한 인물부터 만나보자.

"감사합니다. 그럼 만나 볼 사람은 정해졌네요."

"누굴 만나 보시겠습니까?"

"건하 형님을 지지하는 세력의 대장 격인 인물을 만나 봐야 할 거 같습니다."

"4번 대 대장 도종환이군요. 그럼 만나 보실 수 있도록 미리 연락을 넣어 드리죠."

"감사합니다."

이제 발로 뛸 차례였다.

난 청신 출신이면서 동시에 청신에 대해 잘 알지 못한다.

회귀 전에는 말만 고향이지 한 번도 이곳에 정을 붙일 수 없었으니 말이다.

회귀 후에도 청신산가에 틀어박혀 수련만 하다 다시 수도로 가기를 반복했으니 청신에서 이름 좀 날리는 인물들과 같이 지낼 시간이 없었다.

'겸사겸사 지형도 좀 보고.'

최악의 경우 청신의 도심부에서 전투가 치러질 것이기에 지형 확인도 필수다.

"그럼 부탁 좀 하겠습니다."

"네, 도련님."

배반이 유력한 용의자부터 만나 보도록 하자.

◆ ◈ ◆

청신의 병영은 크게 두 가지로 나뉜다.

청신산가 안에 있는 청신학관.

그리고 각 대문 근처에 있는 훈련원이 바로 그것이었다.

난 아린이와 함께 북문에 있는 도종환의 병영으로 향했다. 노을이 지는 시간. 무사들은 모두 훈련을 마치고 돌아갔는지 도종환이 혼자 나를 맞이했다.

"처음 뵙겠습니다. 도종환입니다."

깔끔하게 자른 머리와 반듯한 얼굴. 인상은 전혀 나쁜 사람이라는 생각이 들지 않을 만큼 순수해 보였다.

하지만 지금까지 살아오면서 인상과 다른 성격을 가진 인간들을 너무나도 많이 보았기에 별로 큰 의미를 둘 생각은 없었다.

"이서하입니다. 여기는 제 부대장 유아린입니다."

"반갑습니다."

도종환이 살짝 넋을 놓고 아린이를 쳐다보았으나 아린은 살짝 고개를 끄덕이는 것으로 인사를 대신했다.

"저를 보고 싶다고 하셨다고요?"

"네, 좀 안내를 받아 보고 싶어서요."

난 청신동란(青申動亂)의 용의자로 이건하 파벌의 인물들을 생각하고 있었다.

'청신동란이 어떻게 일어나고, 누가 주도했는지는 정확하지 않지만 한 가지는 확실하다.'

이 일로 이득을 보는 것은 이건하라는 것이다.

이건하는 청신동란을 계기로 예상보다 빨리 청신의 가주 자리에 오르게 된다.

그 이후로는 이건하의 사람들이 청신을 지배하며 그들의 무사들로 철혈대를 가득 채우게 된다.

아니, 할아버지가 은퇴한 시점에서 철혈대라는 이름을 쓰면 안 되는 것이겠지.

그리고 그 결과 수도의 관문을 장악한 신태민은 아주 손쉽게 난을 일으켜 신유민의 세력을 몰아내고 스스로 왕이 된다.

'같은 상황이 벌어진다면 신평이 우리를 돕는 게 힘들 수도 있다.'

신평 또한 청신을 넘어와야 하기 때문이다.

한마디로 이번 청신동란은 왕자의 난의 전초전이나 다름없다는 소리다.

"그럼 어떤 안내를 받아 보고 싶으신 건가요? 훈련원을 다 알려 드릴까요?"

"그보다는 수비 병력 배치나 뭐 이런 것들을 좀 알려 줬으면 좋겠습니다. 피난처의 위치도요."

"그건 왜 알고 싶으신 거죠?"

왜 알고 싶은지를 왜 물어볼까?

난 도종환의 표정을 살폈다.

만약 그가 반란을 일으킬 생각이라면 나의 말에 불안감을 느낄 수밖에 없을 것이다.

최연소 선인, 청신의 기린아 같은 온갖 수식어가 다 붙은 내가 뜬금없이 수비대를 정비하는 셈이었으니 말이다.

하지만 도종환은 순수한 의문을 표하는 듯 보였다.

'아닌가?'

찰나의 표정은 숨길 수가 없다.

하지만 도종환은 찰나의 당혹감도 보여 주지 않았다.

난 잠시 뜸을 들이다 말했다.

"그냥 군에 관심이 많아서요. 할아버지가 청신을 어떻게 보호하고 있나 궁금하기도 하고."

"하긴 철혈님이 직접 설계한 방어 체계니 그 위엄이 대단하긴 합니다. 그럼 안내하겠습니다."

나는 앞으로 걸어 나가는 도종환의 뒷모습을 바라보다 아린이에게 말했다.

"저 사람 어떤 거 같아?"

"느낌은 안 좋은 거 같은데. 괜찮은 사람 같기도 하고."

"그러니까. 나도 모르겠네."

오랜 세월 사람을 보다 보면 감이라는 게 생기기 마련이다.

하지만 도종환은 그 어떤 느낌도 나지 않았다.

도대체 어떤 인물일까?

'어쨌든 이건하의 오른팔 같은 느낌이라는 거지.'

황 노인의 분석대로라면 유심히 볼 가치는 있는 인물이다.

'난 내가 할 일을 한다.'

저 도종환이 무슨 짓을 하더라도 다 대처할 수 있도록 말이다.

◆ ◈ ◆

"여기까지가 성벽 수비 배치입니다. 문만 열리지 않는다면 외부의 침공에는 항상 대처할 수 있죠."

"그렇겠네요."

할아버지가 세워 올린 성벽과 성문은 대단한 위용을 뽐냈다.

성문의 두께만 하더라도 강철로 3척(약 90cm)은 되어 그것을 열기 위해서는 선인이 달려들어야만 할 정도였다.

거기에 성벽은 높아 웬만한 경공술로는 넘어올 수 없고 또한 평화로운 시기에도 순찰을 게을리하지 않았다.

"피난처는 청신산가입니다. 혹 문이 뚫릴 거 같으면 민간인은 전부 산가 안으로 피신하고 1번 대가 수비를 하죠. 나머지는 시간을 벌기 위해 도시에서 전투를 벌입니다."

나는 도종환의 설명을 들으며 성벽을 올려 보았다.

평화로운 시기임에도 많은 무사들이 성벽을 지키고 있었다.

"경비가 삼엄하네요."

"청신은 수도의 방패와 같습니다. 가주님이 신경을 많이 쓰셨죠. 하지만 항상 이 정도 업무를 하기에는 힘이 들어 외부 지원을 요청했습니다만……."

도종환은 말을 줄였다.

그때 마침 주막에서 소란이 들려왔다.

"이 어린 노무 새끼가!"

"어이, 할아범. 말조심해. 그러다 죽어."

"내가 왕년에는 말이야! 어! 가주님이랑 같이 술도 마시고! 어! 같이 성벽도 세우고! 어! 그랬어 인마!"

음식점에서 말싸움이 벌어진 모양이었다.

백발노인 셋과 외부에서 온 무사들이었다.

"6번 대네요."

도종환은 한숨을 내쉬고 앞으로 걸어 나갔다.

"거기 무슨 일인가?"

그러자 6번 대 대원이 도종환을 슬쩍 보고는 물러나며 말했다.

"4번 대장 아니십니까? 별일 아닙니다. 이 노인네들이 노망이 났나 여기저기 다 끼어들어서 말입니다."

"무슨 일이시죠?"

도종환이 묻자 노인은 혀를 차며 말했다.

"술 마실 거면 조용히 마셔야지 여자니 뭐니 헛소리나 하고. 도 대장. 관리 좀 해 주게."

"후우, 제가 관리를 하고 싶지만……."

"누가 누굴 관리해?"

변소에서 한 남자가 걸어 나왔다.

딱 봐도 6번 대 대장이었다.

"젊은 놈들이 여자들 좀 꾀어 볼 수 있지 뭘 그렇게 나서서 지랄입니까? 지랄은. 안 그렇습니까? 도 대장? 우리 서로 각자 부대는 신경 쓰지 않기로 했죠?"

도종환은 입을 다물었다.

아무래도 각 부대 간 서로 상관하지 않기로 한 것만 같다.

노인은 물러나는 도종환을 보고는 혀를 찬 뒤 6번 대 대장에게 말했다.

"다짜고짜 허리부터 감는 게 꾀는 건가? 희롱이지."

"할아버지. 그쪽 시대랑 우리 시대는 달라요. 안 그러냐, 애들아?"

"그렇습니다. 대장님."

"요즘은 화끈한 남자가 대세죠."

무사들이 낄낄거리며 웃는 모습이 보였다.

"가만히 앉아 술이나 드세요. 뒤지기 싫으면."

"이 자식이 못 하는 말이……."

"아오!"

술에 취한 6번 대 대장은 노인을 향해 주먹을 들었다.

저럼 안 되지.

청신의 시민은 곧 나의 시민.

외부에서 온 용병 따위가 손대면 안 되는 존재다.

그때였다.

6번 대 대장이 주먹을 날림과 동시에 도종환이 노인을 보호하는 것이 보였다.

'음…….'

나쁜 사람은 아닌가?

도종환의 반응까지 확인한 나는 빠르게 달려가 6번 대 대장의 옆구리를 걷어찼다.

6번 대 대장은 식탁과 함께 나뒹군 뒤 벌떡 일어나 나에게 외쳤다.

"이 새끼가! 너 뭐야?"

"그렇게 물어본다면 대답해 주는 게 인지상정."

나는 품속에서 호패를 꺼내 보여 주며 말했다.

"너희들 고용주. 양아치 새끼들아."

6번 대 대장과 그의 부하들이 눈을 깜빡이며 나를 바라봤다.

저것들 눈치도 없다.

"뭐 해? 꿇어."

뭐 하냐? 더 강한 놈이 나타나면 꿇어야지.

"처음 뵙겠습니다. 소가주님."

6번 대 대장은 깍듯하게 고개를 숙여 인사했다.

그도 그럴 것이 지금은 내가 청신의 일인자이기 때문이다.

나이로만 본다면 내 위로 아버지와 작은아버지가 있지만 두 사람은 선인이 아니었으니 실질적인 일인자는 나라고 봐야지.

저렇게 계급을 따져 가며 대접받기를 원하는 놈들일수록 더 높은 사람에게는 깍듯한 법이니 다루는 건 쉬운 일이다.

"인사가 많이 늦었지만 받아는 주마. 이름이 뭐냐?"

"강명기라고 합니다."

"강명기. 기억해 둘게."

"……."

"뭐 하나? 사람들이 불편해하는 거 같은데. 이 일에 관해서는 나중에 듣지. 해산."

6번 대 대장, 강명기는 고개를 꾸벅 숙이고는 부하들과 함께 묵묵히 사라졌다.

'강명기라. 전형적으로 눈앞의 금을 좇는 사람인 거 같은데. 이런 큰일을 벌일 사람도 아니고.'

선부른 판단일 수 있지만 적어도 6번 대 대장인 강명기는 반란과 같이 큰일을 벌일 수 있는 사람으로는 보이지 않았다.

'무슨 거래가 있었나? 아니, 그렇다고 해도 이런 큰 도박을 할 만한 가치가 있나?'

기록에 따르면 원정 임무를 나갔던 외인부대가 반란을 일으켰다고 한다.

이유는 기존 청신 무사들과의 불화다.

하지만 그 빈약한 명분을 그대로 믿는 사람은 없었다.

그 때문인지 이상한 소문도 많이 돌았다.

외인부대가 나찰을 숭배하는 집단이었다느니, 암부가 청신을 무너트리기 위해 공을 들인 작전이었다느니 하면서 말이다.

하지만 미래를 아는 난 이건하가 하루라도 더 빨리 가주가 되기 위해 벌인 일이라는 것을 알고 있다.

'그러면 적어도 도종환과는 친할 줄 알았는데 말이야.'

만약 외인부대와 이건하 사이에 거래가 있었다면 그의 오른팔인 도종환과는 친밀한 사이여야만 한다.

하지만 방금 상황을 본다면 그런 것 같지도 않다.

만약 내가 저놈을 발로 차 날리지 않았다면 도종환이 주먹을 맞았을 테니 말이다.

'저것도 연기인가?'

아니면 뭔가를 놓치고 있는 것일까?

그렇게 생각할 때였다.

“혹시 그럼 이서하 도련님?”

“오오, 맞네. 어렸을 적 얼굴이 있네.”

6번 대 대장이 떠나자 노인들이 서로에게 맞장구를 쳐 주며 나에게 다가왔다.

“저를 아십니까?”

내 기억에는 그렇게 선명하지 않은데 말이다.

“하긴, 도련님은 어려서 기억을 못 할 수도 있죠. 마지막으로 본 게 한 5살 때인가? 아장아장 걸어 다닐 때가 엊그제 같은데 벌써 이렇게 클 줄이야. 선인이 되었다고 들었습니다. 이야, 이 나이에 선인은 우리 때도 없었는데.”

그렇게 들으니 그제야 생각이 좀 난다. 아무리 내가 기억력이 좋다고 하더라도 거의 200년 전에 가까운 일이었으니 희미해지긴 했지만 확실히 어렸을 때 나를 봐주던 분들이 기억난다.

‘할아버지랑 같이 술도 마시고 성벽도 쌓고 했다는 게 허언은 아니었나 보네.’

도련님을 직접 볼 수 있을 정도이니 아무래도 청신에서 나름대로 영향력 있는 토박이인가 보다.

“이럴 게 아니지. 술 한 잔 받으시죠.”

“아직 순찰이 끝나지…….”

“에이, 설마 한 잔도 못 하는 건 아니죠?”

이런 도발은 그냥 넘길 수가 없다.

"한 잔 정도야 뭐."

물론 한 잔으로 끝날 자리는 아니지만 말이다.

◆ ◈ ◆

나와 아린이는 술 한 말은 마시고 나서야 자리에서 일어날 수 있었다.

대장장이라는 김씨 할아버지는 친구인 화백(畫伯) 박씨의 등에 업혀 갔고 도공(陶工) 최씨 할아버지는 혼자 노래를 부르다 어디론가 사라진 뒤였다.

자리가 길어지자 근처에 있던 도시 사람들이 내 얼굴 한 번 보겠다고 다 찾아온 덕에 문전성시를 이루었다.

물론 내 얼굴 보러 와서 아린이만 빤히 보다가 갔지만 말이다.

그리고 아린이는 나에게 업혀 있었다.

"히잉. 서하야. 난 서하가 좋은데. 왜 모른 척해?"

"알아. 알아."

할아버지들은 내가 취하지 않자 목표를 바꾸어 아린에게 술을 건네기 시작했다.

그걸 또 애는 넙죽넙죽 받아먹다가 이렇게 뻗어 버렸다. 그나저나 거의 선인급의 내공을 가지고 있는 아린이와 대작(對酌)하다니.

역시 저 나이의 술고래들은 무시할 수 없다.

'좋네. 사람 사는 거 같고.'

청신동란이 벌어지면 이 사람들도 많이 죽을 것이다.

기록대로라면 민간인 셋 중 하나는 죽는 대참사가 벌어지니 말이다.

그렇게 생각하자 마음이 흔들리기 시작한다.

애초에 할아버지를 막았어야 하나? 내가 실성한 듯 말렸다면 할아버지도 여행을 미루지 않았을까?

'그리고 천천히 문제를 전부 해결하면 아예 동란이 일어나지 않도록 막을 수 있지 않았을까?'

아니다.

회귀를 하면서 내가 선택한 길은 확실했다.

현실적인 이상을 꿈꾸자.

모순되는 말이었지만 어쩔 수 없다.

난 절대 실패해서는 안 되기에 완벽보다는 적당한 선에서의 성공을 목표로 해야만 하니까.

'피해를 최소화할 수 있을 거야.'

적어도 민간인들은 죽지 않게 할 수 있을 것이다.

무사들의 피해는 어쩔 수 없다. 권력이 이양될 때 언젠가 한 번은 겪어야만 하는 사건이니 말이다.

'차라리 지금 해결을 보는 게 나을 수 있어.'

그렇게 스스로 합리화를 하며 걸어갈 때 반대편에서 익숙한 얼굴이 보였다.

"도련님 아니십니까? 오셨다고는 들었는데 이렇게 뵙네요."

"오, 스승님."

"그렇게 부르면 부담스럽습니다. 도련님. 학관에서 자세만 봐준 사이인걸요."

박동준.

학관에서 나에게 일검류를 가르쳐 주던 선인님이었다.

내가 졸업하면서 성무학관에 남아 있을 이유가 없어진 그는 바로 청신으로 복귀했다.

잘됐다.

박동준은 죽기 직전까지 할아버지를 따른 인물인 만큼 믿을 수 있는 사람이다.

"혹시 지금 시간 괜찮으십니까?"

"저는 괜찮습니다만. 도련님이 좀 바쁘신 거 같은데요."

박동준은 미소와 함께 아린이를 가리켰다.

"아린이는 괜찮습니다. 술에 취하면 잘 못 일어나거든요."

"나 잘 일어나아아아아."

"……."

박동준은 미소를 짓고는 고개를 끄덕였다.

"동백관으로 가시죠. 거긴 아직도 영업 중일 겁니다. 아가씨를 눕힐 장소도 있고요."

"안내 좀 부탁하겠습니다."

동백관으로 간 나는 아린이를 긴 의자에 눕힌 뒤 대화를 시작했다.

"바로 본론으로 들어가겠습니다. 이번에 제가 청신에서 무슨 일이 벌어질 수도 있다는 정보를 얻었습니다."

"무슨 일이라시면……."

"동란(動亂)입니다. 신평에서 일어난 것과 비슷한."

박동준은 심각한 얼굴로 나를 바라봤다.

성무학관에 있으면서 청신의 그 누구보다도 나의 행보를 가까이서 본 그였다. 아무런 근거를 대지 않더라도 내가 하는 말을 허투루 넘길 수는 없을 것이다.

"그런 정보를 어디서 들었습니까? 저도 금시초문인데."

"그건 말씀드리기 힘듭니다만 믿어 주시면 감사하겠습니다. 그래서 말인데. 도종환, 그 사람은 어떤 사람입니까?"

"아, 도 후배요."

박동준은 고개를 끄덕이더니 딱 잘라 말했다.

"동란이 일어나더라도 도 후배는 관계가 없을 겁니다."

"아니라고요?"

"도 후배가 건하 도련님을 따르는 건 알지만 동시에 누구보다도 청신을 사랑하는 놈입니다. 사람들에게도 친절하고 부하들의 평가도 좋습니다."

박동준이 이 정도로 확실하게 말하는 걸 보면 정말로 도종환은 아니다.

하지만 감이 말하고 있다.

도종환이라고.

"그럼 부탁 하나만 해도 되겠습니까?"

"네, 뭐든지."

"북문 좀 지켜 주시길 바랍니다. 그리고 해시(오후 9시) 이후에는 그 어떤 상황에서도 문을 열지 않아 주셨으면 합니다. 적어도 제 허가가 있기 전까지는요."

"그 정도야 쉽습니다. 그렇게 하죠."

"감사합니다."

북문이 열리지 않으면 동란은 쉽게 막을 수 있다.

박동준 정도 되는 고수가 그곳을 지켜 준다면 더할 나위 없이 좋다.

'아는 한 최선을 다해야지.'

그렇게 첫날 밤이 깊어 가고 있었다.

수도 천일의 홍등가.

이주원은 무표정하게 차를 마시는 이건하를 바라보며 생각했다.

'자기 도시 사람들을 죽일 생각이면서 평온하구나.'

청신동란(清申動亂)은 약 1년 전부터 계획한 작전이었다.

국왕의 몸 상태가 악화됨에 따라 언젠가 이강진이 오랫동

안 자리를 비울 테니 말이다.

만약 여행을 가지 않았다면 거사는 국왕이 서거한 뒤 치르는 장례식이 되었을 것이다.

처음 그 말을 들었을 때 이주원은 자신의 귀를 의심했다.

할아버지가 평생을 함께한 주인이자 죽마고우를 떠나보냈는데 반란을 일으킬 생각을 할 수 있다니.

'저놈도 정상은 아니야.'

이주원은 이건하에게 시선을 떼며 미소를 짓고는 말했다.

"샨다가 도착했으니 작전은 언제든 시작해도 됩니다."

"그럼 바로 하겠습니다. 이서하가 청신으로 발령받아 갔다더군요. 아무래도 눈치를 챈 거 같습니다."

이건하는 슬쩍 고개를 돌려 전가은을 바라보고는 말했다.

"저 여자가 이서하를 담당했었다고 했죠."

"네, 성무학관 시절에는 그랬죠."

"저 여자가 다 말하는 거 아닙니까? 아니면 이렇게 매번 다 알고 먼저 가 준비하고 있을 수가 없는데."

전가은은 대꾸조차 하지 않았고 이주원도 고개를 절레절레 흔들었다.

"그런 걱정은 할 필요가 없습니다. 가은이가 모르는 것도 이서하는 알고 있으니까요. 좋은 정보 제공자가 있겠죠."

아니면 선생의 말대로 미래를 볼 수 있는 것인지 모르겠지만 말이다.

"부하들을 믿나 보네요. 뭐 좋습니다. 그럼 작전을 시작해 주십시오."

용건이 끝난 이건하가 몸을 일으키려고 하자 이주원이 말했다.

"그나저나 이건하 도련님은 괜찮겠습니까?"

"뭐가 말입니까?"

"선인님은 청신 그 자체라고 볼 수 있는 존재가 아닙니까?"

이건하는 청신의 이름을 가지고 태어나 청신에서 수련했으며 청신의 무공인 일검류만을 사용하는 유일한 선인이었다.

그에 반해 이서하 같은 경우는 이름 없는 시골 학관에서 수련을 시작했으며 두각을 나타낸 후로는 성무학관에 입학해 무사가 되었으니 정통성만 따진다면 이건하를 이길 수 없다.

"이번 일로 청신은 초토화가 될 겁니다. 나찰은 사정 같은 걸 봐주지 않으니 말이죠. 이건하 선인님이 아는 많은 사람들이 죽을 것이고, 청신은 파괴되어 많은 힘을 잃을 것입니다. 그래도 괜찮냐는 겁니다."

이건하는 이해할 수 없다는 듯이 공허하게 이주원을 바라보다 말했다.

"이야기 끝났으면 일어나겠습니다."

대답은 없었다.

예상한 반응이었으나 실제로 마주하니 헛웃음만 나왔다.

건하가 떠나자 이주원은 혀를 차며 말했다.

"선생 말이 맞네."

"어떤 말씀 말이십니까?"

"인간은 욕심이 너무 많아서 지배자가 되면 안 된다는 말 말이야. 당시에는 동의하지 않았는데……."

신태민, 이건하.

그런 사람들을 보다 보니 선생의 말을 좀 알 것만 같았다.

"이제 그 말이 맞는 거 같아."

인간은 지배자가 되기에는 너무 욕심이 많았다.

특히 위에 있는 놈들은 더.

이주원은 씁쓸하게 자리에서 일어나며 중얼거렸다.

"서로서로 죽이고 또 죽여라."

애초에 목표는 그것이었으니 말이다.

◆ ◈ ◆

여느 때와 같은 새벽.

강명기는 새벽 공기를 들이마시며 부대원들과 남악으로 향했다.

"이 새끼들. 맨날 힘든 일은 우리보고 하라고 하네."

"아따, 청신 도련님들이 그렇죠. 후딱 끝내고 술이나 마시러 갑시다."

이번 원정은 오직 외인들로 이루어진 5번, 6번, 7번 대가 맡았다.

세 갈래 길로 남악을 빠르게 훑은 뒤 마수의 수와 동향을 파악해 오는 임무였다.

“쯧, 청신에 와서 출세해 편하게 좀 사나 했더니 잡일만 죽어라 하네.”

외인들의 불만이 높은 것은 사실이었다.

왕국에서 가장 살기 좋은 도시라는 청신에서 쉬엄쉬엄 일하다 주말에는 수도에서 유흥을 즐기고 싶어 지원했으나 실상은 그렇지 않았다.

기존의 철혈대는 여유롭게 순찰 임무만 수행했고 힘든 외부 임무는 전부 외인부대의 몫이 되었으니 말이다.

“개 같은 새끼들. 내가 언제 한번 도종환이 그놈 꼭 밟는다.”

도종환은 사람 좋은 척 실실 웃으면서 사람의 등에 칼을 꽂는 그런 유형이었다.

임무 좀 빼 달라고 하면 못 이기는 척 웃으며 그렇게 해 주겠다 말해 놓고 오히려 더 힘든 임무를 배정하는 그런 유형의 인간.

“아주 영악한 놈이야. 그거.”

“어차피 1년만 더 있으면 지원 임무도 끝이니 다시 수도로 돌아갈 수 있지 않습니까?”

“바로 돌아가야지. 계약 연장 같은 거 하나 봐라.”

그렇게 투덜거리던 강명기에게 한 무사가 달려와 말했다.

"대장님. 마수의 숫자가 좀 많습니다. 무슨 일이 있나 본데요?"

"얼마나 많은데?"

"현재 선발대가 마주한 마수의 수만 10개체가 넘어갑니다. 보통 3~4마리를 만난다는 걸 생각한다면 2배가 넘어간 겁니다. 정확한 숫자는 더 정찰해 봐야 알겠지만……."

"됐어. 그냥 일직선으로 간다. 우리 도시도 아닌데 그렇게 열심히 할 필요 있나? 망할 소가주도 우릴 그냥 고용인으로 보던데 굳이?"

이서하와는 그 이후로 대화를 나눠 본 적이 없다.

비록 자신이 잘못했다 하더라도 선인인 자신을 사람들 앞에서 완전히 무시한 것으로 모자라 사과 한 번 없다는 것만으로도 소가주가 외인부대를 어떻게 생각하는지를 알 수 있었다.

"대충 하자. 그냥 아무 이상 없다고 하면 돼."

그렇게 전 부대가 모이기로 한 장소에는 5번 대와 7번 대가 도착해 있었다.

"여, 빨리 왔네."

강명기의 후배인 7번 대 대장은 고개를 끄덕이고는 다시금 고개를 돌렸다.

'뭔가 기분 나쁜 일이라도 있었나?'

하긴, 남악에서 하루 종일 굴렀는데 기분이 좋을 리가 없었다.

강명기는 후배의 옆으로 가 어깨동무를 하며 말했다.

"표정 풀어라. 원래 우리같이 뒷배 없이 올라가는 놈들은 이런 취급도 받고 그러는 거야."

"……."

말이 없는 7번 대 대장.

강명기는 피식 웃으며 후배의 등을 때렸다.

"슬슬 내려가자."

그때였다.

저 멀리서 이상한 기운을 느낀 강명기가 고개를 돌렸다.

이윽고 그의 시야에 장발의 머리를 한 여자가 들어왔다.

무릎까지 떨어지는 긴 백발에 붉은 눈.

그리고 느껴지는 거대한 음기.

나름 선인까지 된 강명기는 눈앞의 여자가 얼마나 위험한 존재인지를 알아차렸다.

"……나찰이야?"

지금까지 단 한 번도 나찰을 직접 본 적이 없는 강명기는 침을 꿀꺽 삼켰다.

압도적인 음기에 주변이 어두워지는 것만 같은 착각이 들 정도. 무사들이 두려워하는 순간 나찰이 미소를 지으며 말했다.

"두려워하지 말아라."

그리고 그 순간이었다.

푹!

7번 대 대장의 단검이 강명기의 등을 찔렀다.

"으아아아아악!"

"뭐, 뭐야!"

5번 대와 7번 대 무사들이 일제히 6번 대를 공격했고 나찰은 활짝 웃으며 말했다.

"너희 모두 나의 백성이 될 테니."

샨다가 청신에 도착했다.

◆ ◈ ◆

외인부대가 새벽에 떠났다는 소식은 황 노인을 통해 들을 수 있었다.

'그럼 오늘이네.'

청신동란은 오늘 일어난다.

연습할 기회도 없이 바로 실전이다.

같은 사건이라도 회귀 전과 발생 시간은 달라지기 일쑤였기에 난 외인부대가 도시를 떠날 때까지 그 어떤 움직임도 취하지 않았다.

혹시나 도종환이 눈치를 채고 작전을 바꾼다면 그때는 백지로 싸우는 것과 마찬가지니 말이다.

"그럼 피난 훈련을 시작하죠. 2번, 3번, 4번 부대는 각각 동, 서, 남쪽의 시민들을 통솔해 피난 훈련을 진행합니다. 북쪽은 1번 대와 함께 제가 맡죠."

그나마 가장 믿을 수 있는 1번 대는 혹시 모를 공격을 대비해 북쪽에 배치한 것이었다.

거기다 문지기는 박동준 선인님과 아린이, 그리고 상혁이한테 맡길 생각이었으니 회귀 전처럼 어이없게 문이 열리는 일은 없을 것이다.

"피난 훈련은 유시(오후 5시)부터 시작하겠습니다. 그때 일괄적으로 통보해 주세요."

"미리 통보하면 안 되는 거군요. 알겠습니다."

황 노인은 미소를 지었다.

미리 통보하지 않는 이유 또한 혹시 모를 반란 세력이 작전을 변경하지 못하게 하기 위함이었다.

'보통 남악 정찰을 하고 돌아오는 시간은 해시(오후 9시)쯤이다. 두 시진이면 모두 대피시킬 수 있어.'

거기에 2, 3, 4번 부대는 모두 대피 훈련에 참석해야 한다.

만약 이 중 누구라도 내 명령에 따르지 않는다면 그들이 바로 반란을 일으키는 주범이라는 것이지.

'일단 손발은 묶었다.'

이제 청신동란을 일으키는 범인을 알아볼 차례였다.

유시를 알리는 종이 울리고 대대적인 피난 훈련이 진행되었다.

박동준은 북문의 앞에 서서 시민들이 피난을 가는 모습을 지켜보았다.

'뭔가가 진짜 일어나긴 하는 거 같은데.'

부분적으로 피난 훈련을 할 때는 왕왕 있었지만 이렇게 전 도시민들을 청신산가로 이동시키는 경우는 드물었다.

그것도 일과가 끝나는 시간에 맞추어서 말이다.

퇴근을 기대하고 있던 대원들이 한마음 한목소리로 불만을 이야기하고 있었으나 소가주가 직접 내린 명령이니 따를 수밖에 없었다.

'절대 문을 열지 말라고 하셨었지.'

서하가 내린 명령은 단순하고 명확했다.

그 어떤 경우에도 자신의 허가 없이는 문을 열지 말라는 것.

'그럼 외인부대와 관련이 있는 일인가?'

박동준이 그렇게 추론할 때였다.

"안녕하세요. 저 기억하시나요?"

한상혁이 다가와 인사를 건넸고 그 뒤에는 유아린도 함께였다.

"아, 그 운성의……."

"지금은 은악의 한상혁입니다."

"맞아요. 그랬었죠."

상혁은 짧은 기간이지만 박동준의 밑에서 수련을 한 적이 있었다.

상혁과 짧은 인사를 나눈 박동준은 아린에게도 눈길을 주었다.

"유아린이라고 합니다."

"두 분 다 문을 지키러 오신 것입니까?"

"네, 맞습니다."

박동준은 고개를 끄덕였다.

'유아린과 한상혁. 광명대의 핵심.'

철혈님은 이 두 사람이 10년 뒤 이 나라의 최강자가 될 거라 평했다.

그런 두 사람을 고작 문을 여는 도르래 하나 지키기 위해 보낸 것이었다.

'만반의 준비를 하셨구나.'

내부의 적이 있다는 것을 확신한 듯한 배치였다.

'두고 보면 알겠지.'

그렇게 시간은 흘러 해시가 가까워져 오고 있었다.

피난 훈련은 거의 끝이 났고 1번 대는 명령에 따라 북문으로 모여들고 있었다.

2, 3, 4번 대는 도시 중앙에서 대기 혹은 각자의 병영으로 복귀하라는 명령이 떨어졌다.

'이제 곧인가?'

슬슬 밖으로 원정 나갔던 외인부대가 돌아올 시간이 됐다.

그리고 그때였다.

"수고가 많으십니다. 박 선인님."

저 멀리서 도종환이 다가오는 것이 보였다.

찐빵 하나를 입에 물고 오던 그는 바구니 안에 담겨 있는 빵을 건네며 말했다.

"저녁도 못 드셨죠? 하나 드시죠. 거기 광명대분들도 하나 드시겠습니까?"

아린은 도종환을 힐끗 보고는 고개를 흔들었고 상혁은 예의 바르게 거절했다.

"아닙니다. 저희는 오늘 업무 끝나고 먹죠."

"그러시죠. 아, 그리고 박 선인님. 제가 좀 물어보고 싶은 게 있는데 말입니다."

"물어보고 싶은 거?"

박동준은 찐빵을 들었다가 다시 내려놓았다.

갑자기 소가주님이 했던 말이 생각났다.

'도종환은 어떤 사람입니까?'

왜 소가주는 동란이 일어날 것이라고 말하며 도종환에 관해 물어봤을까?

하지만 박동준은 이내 고개를 흔들었다.

'도종환은 혼자다.'

그의 4번 대는 병영에서 대기 중이었다.

아무리 도종환이 실력 좋은 선인이라도 유아린과 한상혁까지 있는 상황에서 무언가를 할 수 있으리라는 생각은 들지 않았다.

"그래, 말해 보게."

"여기서는 좀 그렇고. 조금만 자리를 옮기면 안 되겠습니까? 광명대분들이 들으면 좀 그래서."

"광명대분들이 들리지 않을 정도면 되나? 내가 도르래에서 눈을 뗄 수 없어서 말이지."

"두 분이 있는데 무슨 일이야 있겠습니까?"

그건 또 그렇다.

박동준은 고개를 끄덕인 뒤 유아린과 한상혁에게 말했다.

"잠깐만 실례하겠습니다."

아린은 그런 박동준에게 말했다.

"너무 멀리는 가지 마세요. 저희 시야 안에 있으셔야 합니다."

"물론입니다."

양해를 구한 박동준은 적당히 멀어진 뒤 도종환에게 말했다.

"그래서 물어보고 싶은 게 뭔가?"

"아무래도 소가주님이 저를 별로 안 좋아하는 거 같아서 말입니다."

도종환은 걱정 가득한 얼굴로 말했다.

"제가 뭐 잘못한 게 있는지 여쭙고 싶어서 말이죠. 저는 소가주님과도 잘 지내보겠다고 성심성의껏 청신 안내도 해 드렸는데 참. 사람 마음을 얻는 게 쉬운 일은 아니지만 처음부터 저렇게 경계를 하시니 어찌할 바를 모르겠습니다."

"묻고 싶은 게 그것이었나?"

"네, 그렇습니다. 박 선인님이 그래도 소가주님과 친하신 거 같아서……."

"하하하하."

박동준은 크게 웃었다.

"내가 본 게 맞았네. 이 순수한 친구야. 걱정하지 말게. 자네가 건하 도련님 쪽 사람이니 서하 도련님 입장에서는 경계할 수밖에 없지 않겠는가?"

"건하 도련님 사람이기 이전에 청신의 사람이죠."

"그래, 그런 마음가짐이면 서하 도련님도 금방 마음을 열 거야. 내가 말을 잘해 주지."

"오, 감사합니다. 선배님. 꼭 좀 부탁하겠습니다."

도종환은 오른손을 내밀었고 박동준은 미소와 함께 그의 손을 잡았다.

"그래, 그래. 걱정하지 말게나."

"아, 그리고 하나 더……."

"말해 보게."

박동준이 고개를 끄덕이는 그 순간이었다.

도종환이 그의 손을 잡아 끌은 뒤 숨겨 놓은 왼손을 내질렀다.

푹! 하는 소리와 함께 박동준의 시선이 아래로 내려갔다.

심장이 뜨겁다. 상황을 이해하기도 전에 입에서 피가 역류해 뿜어져 나온다.

"도종환……."

서하가 했던 말들이 주마등처럼 스쳐 지나가며 현 상황이 전부 이해되었다.

도종환은 미소를 지은 채 박동준을 올려 보다 말했다.

"사람 너무 쉽게 믿지 마세요. 저에 대해 뭘 안다고 그러십니까?"

"이……!"

서하 도련님이 맞았구나.

도종환이 바로 동란의 주인공이었다.

박동준이 소리를 지르려 하자 도종환은 예상이라도 한 듯 그의 입을 헝겊으로 덮었다.

"읍! 읍!"

"자자, 진정하세요. 옳지!"

도종환이 만족스러운 표정으로 몸에서 손을 떼자 축 늘어졌던 박동준이 혼자 몸을 일으켰다.

도종환은 박동준의 가슴에 묻은 피를 헝겊으로 닦아 내며 말했다.

"그럼 이제 문 좀 열어 주시겠습니까? 박 선인님."

"……."

박동준의 고개가 떨어졌다 올라왔다.

Chapter 65.

Chapter 65.

아린과 상혁은 도종환과 대화하는 박동준을 흘깃 보았다. 두 사람의 대화가 길어지자 상혁이 걱정스럽게 말했다.

"저게 도종환이지? 생각보다 오래 걸리네."

아린은 고개를 끄덕인 뒤 말했다.

"상관없어. 도르래만 지키면 돼. 누가 공격해 오든 말이야."

서하는 두 사람에게 아는 것을 대부분 말해 주었다.

누군가 반란을 준비하고 있으며 외인부대가 그 주축이 되리라는 것. 그리고 도종환을 주시하라는 것이었다.

이윽고 박동준과 대화를 끝낸 도종환이 외투를 벗어 던지고는 걸어와 말했다.

"아이, 이게 찐빵 국물이 튀었네요. 선인님도 칠칠치 못하게. 하하하. 옷만 갈아입고 금방 오신답니다."

"그렇습니까?"

상혁은 성문 밑 대기실로 가는 박동준을 힐끗 본 뒤 고개를 끄덕였다.

"알겠습니다. 그런데 도 선인님은 계속 여기 계실 겁니까?"

"아뇨, 가 봐야죠. 부하들도 있고."

도종환은 아린과 상혁에게 꾸벅 고개를 숙였다.

"그럼 고생하세요."

도종환이 떠나고 상혁은 고개를 갸웃하며 말했다.

"뭐 하자는 건지 모르겠네."

정말 그냥 박동준을 보러 온 것일까?

이윽고 박동준이 새로운 옷으로 갈아입고는 제자리로 돌아왔다. 상혁은 슬쩍 아린의 눈치를 본 뒤에 말했다.

"도종환이랑 무슨 대화를 하셨습니까?"

"……."

박동준은 어깨를 으쓱한 뒤 도르래 옆으로 가서 섰다. 그의 행동에서 위화감을 느낀 상혁이 뭔가를 더 물으려고 할 때였다.

"박 선인님! 외인부대가 도착했습니다. 다리를 내릴까요?"

청신의 성문을 여는 방법은 도르래로 다리를 내리고 문에 달린 잠금장치를 여는 것이었다.

성벽 위에서 들려온 말에 박동준은 고개를 흔들었고 그것을 본 부하가 외쳤다.

"잠시 대기하라!"

그렇게 모두의 시선이 외인부대에 쏠리는 그 순간이었다.

"어어어! 뭐야? 뭐 하는 거야!"

1번 대의 무사들이 갑자기 성문으로 달려가 잠금장치를 풀기 시작했다.

당황한 문지기들은 반응하지 못했으나 아린은 달랐다.

"저건 내가 막을게!"

성문을 막으러 달려 나감과 동시에 그녀의 머리가 찬란한 은빛으로 변했다.

혈극재신법(血極災神法), 선혈희(鮮血戱).

아린이 손을 휘두를 때마다 무사들의 피부가 찢겨져 나갔고 그 피가 하늘로 치솟았다.

혈극재신법은 피를 볼수록 강해지며 동시에 이성을 잃는 무공.

아린은 희미한 미소를 짓다가도 이내 정색하며 무사들을 도륙하는 것을 멈추지 않았다.

하지만 그것만으로는 부족했다.

무사들은 마치 두려움을 상실한 것처럼 팔이 잘리고 다리가 떨어져 나가는 와중에도 성문의 잠금장치를 해제했다.

아무리 아린이 빠르다고 한들 10명이 넘는 1번 대 무사들이 목숨을 걸고 잠금장치를 해제하는 걸 막을 수는 없었다.

"이게 무슨……."

만약 반란이 일어나도 1번 대는 움직이지 않을 거라 생각하고 있던 상혁은 당황한 채 그대로 굳어 있었다.

그리고 그 순간.

박동준이 도르래를 잡아 돌리기 시작했다.

끼이이이익! 하는 소리에 고개를 돌린 상혁은 자신의 눈을 믿을 수 없다는 듯 말했다.

"선인님?"

박동준 선인은 절대로 배신하지 않을 것이다.

서하는 그렇게 판단했고 상혁 또한 그럴 것이라고 생각했다.

그러나 현실은 달랐다.

'왜? 이게 뭐야? 도대체 무슨 일이 벌어지고 있는 거야?'

상혁이 당황해 멈춰 있을 때 아린이 외쳤다.

"이 병신아! 죽여!"

그 말에 정신이 들었다.

아무리 이해할 수 없다고 하더라도 눈앞에서 벌어지는 일이 현실이었다.

상혁은 검을 빼 들고 바로 박동준의 머리를 날렸다.

"허억, 허억."

가슴이 폭발할 것만 같다.

웃으면서 같이 수련했던 그 순간이 떠오른다.

짧은 기간이었지만 응원해 주던 박동준이.

왜 이런 상황이 되었을까?

상혁은 분노를 담아 고개를 돌리며 외쳤다.

“도대체 왜 이런 짓을……!”

상혁의 눈앞에 펼쳐진 광경은 분노조차 사그라들 정도로 당혹스러운 것이었다.

끼이이이이익!

“이게 뭐야……?”

목이 없는 박동준이 도르래를 끝까지 돌리고 있었다.

그리고 그 순간 아린이 박동준을 발로 찬 뒤 그의 팔과 다리를 잘랐다.

“하아, 넌 그게 문제야. 한상혁. 너무 착하잖아. 확실하게 끝냈어야지.”

“……목을 자르는 거 정도면 확실하지 않아?”

아린은 신경질적인 얼굴로 머리를 쓸어 올렸다.

그녀의 은발에 선혈이 묻었고 붉은 눈이 반짝였다.

“공격이 늦었잖아. 이미 다리는 다 내려갔어.”

이미 다리는 끝까지 다 떨어졌다.

이윽고 성문을 열리며 외인부대가 들어오기 시작했다.

“전쟁터에서는 좀 악랄해져야 해. 10살 꼬마든 60살 노인이든 망설임 없이 죽일 수 있어야지. 상혁아.”

“……그 말에 동의하지는 않지만.”

단숨에 쏟아져 들어오는 외인부대를 보며 두 사람은 작게 숨을 내쉬었다.

"토론은 나중에 하자."

"그래, 이제부터는 우리가 성문이다."

아린은 살짝살짝 올라가는 입꼬리를 억지로 내리며 말을 끝냈다.

"이렇게 된 이상 시체로라도 벽을 쌓아야지."

◆ ◈ ◆

성문 개방 전.

피난 훈련 인솔을 끝낸 이준하는 찐빵을 먹으며 잠시 휴식을 취하고 있었다.

이준하는 청신의 도련님이지만 충분한 경험이 쌓이기 전까지는 일반 무사들과 다를 것 없는 처지였기에 1번 대에 포함되어 피난 훈련까지 참가하게 된 것이었다.

"이서하 이 새끼는 쓸데없이 일만 만들어."

"어허! 우리 소가주님한테 그런 소리를 하다니. 다 뜻이 있으신 거야. 우리 같은 일개 무사가 그 뜻을 어찌 헤아리겠냐?"

이준하는 같이 찐빵을 먹는 김용호를 바라봤다.

올해 우수한 성적으로 무과에 합격한 김용호는 중급 무사로 임관되었다.

임관되자마자 청신으로 돌아온 김용호는 이준하와 같은 1

번 대에 배치되었다.

비록 학년은 달랐으나 청신에서 같이 수련하던 두 사람은 지금도 티격태격하며 친구 사이로 지내고 있었다.

"넌 뭐 이서하 말만 나오면 무슨 막 신처럼 찬양하더라?"

"신이시지. 우리와 같은 나이에 선인이 되신 신. 난 그분을 따르기로 한 4년 전 결정이 내 인생의 분기점이었다고 생각해. 역시 철혈님의 손자는 달라도 뭐가 달라."

"……나도 손자야."

"내 생각에 넌 주워 왔어."

"이 미친놈이 진짜!"

김용호가 낄낄거리자 이준하는 반쯤 남은 찐빵을 바닥에 버리며 말했다.

"이서하는 그냥 운이 좋았을 뿐이야. 할아버지가 직접 가르쳐 주고, 영약도 많이 먹고. 사건·사고에서도 다 살아남을 정도로 운이 좋아. 진짜 부럽다니까."

"성무대전을 봐 놓고 그런 말을 한다."

"물론 뭐 실력은 차이가 있지만. 나도 원정대 같은 데 들어가서 공을 쌓았으면 지금쯤 상급 무사는 됐을걸?"

이준하는 입맛을 다셨다.

성무대전에서 본 이서하는 매년 새로운 경지에 올랐음이 느껴질 정도였다.

그것을 본 이준하는 나름 노력도 해 보았다.

매일 검을 휘두르고, 나름 좋은 영약도 먹어 보고 했으나 격차는 점점 벌어져 결국 중급 무사와 선인이라는 수준까지 되었다.

어렸을 적에는 그냥 자신의 밥이었는데 말이다.

'역시 사람은 큰물에서 놀아야 해.'

삼천지교(三遷之敎)라는 말이 있지 않은가.

주변의 환경이 인간을 만든다는 것이다.

'운도 좋아야 하고.'

시작이 반이라는 말도 있다.

좋은 환경과 교육, 그리고 지원을 토대로 상급 무사로 임관해 바로 굵직한 임무에 투입된 서하와 달리 하급 무사로 시작해 수비대를 하다 청신으로 온 자신은 시작부터 달랐다.

"두고 봐라. 나도 원정대 들어가서 바로 선인이 되어 줄 테니까."

청신에서 수비대나 하고 있으니 서하를 따라갈 수 있을 리가 있나?

언젠가 수도 원정군에 들어가 활약을 해 볼 생각이다.

김용호는 그렇게 스스로를 위로하고 있는 이준하에게 어깨동무하며 말했다.

"헛소리 말고. 다 먹었으면 북문 수비 가자."

"……아씨. 쉬지도 못하네. 나 괴롭히려고 저러나?"

"널 괴롭혀서 뭐 하겠냐? 서하 도련님이 저 창공의 독수리라면 우리는 개미야. 독수리는 개미를 신경 쓰지 않지."

"좋겠다. 개미라서."

"에이, 개미로 끝날 수는 없지. 언젠가 매 정도는 되어서 옆에서 날아야 하지 않겠어?"

그렇게 두 사람이 북문으로 향할 때였다. 앞에서 걸어가던 무사가 손을 들어 행렬을 멈추었고 앞에서 병장기가 부딪히는 소리가 들려왔다.

"뭐야?"

이준하가 기웃하는 그 순간 길거리에 붙여 놓았던 횃불이 강한 바람에 전부 꺼졌다.

"……모두 발도하라!"

상급 무사의 지령에 따라 모두가 발도하는 그 순간이었다.

타닥타닥!

발소리가 들려온다.

"야야, 용호야. 이거 뭐냐?"

"모르겠는데……."

김용호는 얼굴을 굳히고 말했다.

"너 나한테 딱 붙어 있어라."

"뭐?"

"아무리 너랑 내가 허울 없이 지냈어도 넌 도련님 아니냐. 뒤지게 놔둘 수는 없지."

이윽고 어둠을 뚫고 무언가 나타났다.

피투성이가 된 한 무사가 기괴한 모습으로 달려와 상급 무사를 습격했다.

"5번 대?"

그의 옷에는 숫자 5(五)가 선명하게 적혀 있었다.

상급 무사는 기합 한 번 없이 달려드는 5번 대 무사를 베어 넘긴 뒤 부하들을 돌아봤다.

"반란이다! 모두 정신 똑바로……!"

푹!

상급 무사는 고개를 돌려 자신의 배를 찌른 무사를 돌아봤다.

"부, 분명 허리를……."

그렇게 상급 무사가 쓰러지고 발소리가 들려오기 시작했다.

두두두두두두!

전과는 비교할 수 없을 정도로 많은 발소리.

이윽고 5번 대는 물론 1번 대 무사들까지 포함된 적이 나타났다.

"으아아아아!"

1번 대 무사들이 달려 나가고 어둠 속에서 전투가 벌어졌다.

"이준하! 이준하!"

김용호는 난리 속에서 이준하를 찾았다.

하지만 이준하는 이미 넋이 나간 채로 멍하니 앞만 바라볼 뿐이었다.

'뭐야? 이게…….'

배가 뚫려 쓰러진 상급 무사가 일어나는 것처럼 보였다.

아니, 일어나서 싸우고 있다.

그것도 우리 편을 공격하면서.

"왜 이래? 왜 이러냐고!"

"씨발! 죽어!"

챙챙챙챙!

모든 소음이 귀에서 멀어지고 수비대에 합류했을 때 들었던 말이 생각났다.

"전쟁은 기회의 장이 아니야. 그냥 계(契) 모임 같은 거지. 인생을 갈아 넣고, 살아남은 놈들이 갈린 인생의 몫을 가져가는 그런 계 모임. 도박에 미친 놈들이나 가는 곳이랄까? 그러니까 수련 열심히 하고 수비대에 만족해라. 전장은 지옥이야."

선배가 그냥 너스레를 떠는 거라 생각했다.

하지만 아니었다.

설명이 부족할 정도로, 전장은 그의 말대로 지옥과도 같았다.

그렇게 멍하니 서 있을 때였다.

바로 옆에서 한 무사가 이준하를 향해 검을 내려쳤고 뒤늦게 이를 알아챈 이준하가 비명을 질렀다.

"으아아아!"

그리고 그 순간 김용호가 검을 내질렀다.

일검류(一劍流), 일섬(一閃).

김용호의 공격에 무사가 밀려나고 이준하는 엉덩방아를

찢은 채 숨을 헐떡였다.

김용호는 그런 이준하의 멱살을 잡아 일으켜 세웠다.

"후우, 정신 차려 이 자식아! 죽고 싶어? 원정대 들어가니 뭐니 했던 건 뭐야?"

"요, 용호야. 나……."

"정신 차리고 청신산가로 도망쳐. 길은 내가 뚫을게."

"너는?"

"도련님부터 살아야지. 대신 나 살아남으면 너희 아버지한테 말해서 상급 무사 추천서나 좀 줘라. 알았냐?"

김용호는 자기도 어이가 없는지 웃다가 주변을 돌아봤다.

그만큼 절망적인 전장이었다.

아군이 다 죽어 가고 있다. 아니, 아군이 왜인지 모르지만 배신을 하고 있다.

방금 전까지 등을 맞대고 싸우던 이들이 돌변해 전우를 공격하는 이해할 수 없는 상황.

"가라. 준하야."

김용호는 그 말을 마지막으로 청신산가로 향하는 길을 뚫기 시작했다.

"이야야야야!"

김용호는 죽으러 가는 것이나 다름없었다.

고작 중급 무사가 이 난리 통에 살아남을 수 있을 리가 없다.

'도와야지. 친구니까 도와야지.'

그러나 다리가 떨려 움직일 수가 없다.

그렇게 무기력함이 온몸을 짓누를 때 이준하의 옆으로 무사들이 다가왔다.

"이런 씨발……."

그렇게 무사들이 이준하를 공격하는 순간이었다.

낙월검법(落月劍法), 천양겁화(天壤劫火).

이준하를 중심으로 불꽃이 폭발하며 무사들을 태웠다. 주변이 환하게 밝혀지며 김용호를 비롯한 다른 무사들의 시선 또한 한 남자에게로 쏠렸다.

이준하는 모든 적을 단칼에 분쇄해 오는 자신의 사촌을 바라보며 중얼거렸다.

"이서하……."

희망의 불꽃이 타오르기 시작했다.

이서하의 등장으로 전황은 완전히 뒤바뀌었다.

밝은 불꽃이 주변을 환하게 비추었고 지금까지 싸워 오던 적들의 모습이 드러나기 시작했다.

서하를 올려 보던 이준하 또한 고개를 돌려 지금까지 자신이 싸운 상대를 보고는 놀라 중얼거렸다.

"……뭐야?"

어둠 속에서 싸웠던 적의 정체는 팔이 잘리고, 심장이 뚫리고, 심지어 허리가 너덜거리는 상태에서도 싸우고 있는 청신의 무사들이었다.

놀란 건 김용호도 마찬가지였다.

"그러니까 지금까지 싸운 게……."

죽은 자가 이용당했다고 생각하자 분노의 방향이 달라졌다.

"이게 뭡니까! 이게 뭐냐고요!"

김용호가 외치자 이서하가 말했다.

"샨다. 나찰이다."

이서하는 이 요술의 정체를 알고 있었다. 이윽고 뒤를 따라온 주지율이 도착하고 서하가 명령을 내렸다.

"자세한 건 나중에. 전부 모여서 대응한다. 죽을 거 같은 놈들은 다리를 잘라라. 그게 동료를 위한 예의야. 그리고 이준하."

서하는 이준하를 일으켜 세운 뒤 말했다.

"똑바로 서라. 너도 청신이야."

이준하는 앞으로 달려 나가며 외치는 이서하의 등을 바라봤다.

"모두 북문으로 가면서 생존자와 합류한다. 흩어지지 말고 따라와."

"넵!"

모든 무사들이 이서하의 뒤를 따르고 이준하는 침을 삼켰다.

따라가야 한다.

때로는 질투하고, 때로는 증오했으며, 솔직하게 말하면 부럽기만 했던 사촌의 등을 따라야 한다.

"너도 청신이야."

그 말이 가슴에 박힌 이준하였다.

'그래, 나도…….'

청신이다.

이준하는 그렇게 첫발을 내디뎠다.

도종환은 밝게 타오르는 빛을 바라봤다.

'저 정도의 빛을 낼 줄이야.'

작전대로라면 어둠 속에서 모든 전투가 마무리되었어야만 한다.

'시체들이라는 걸 들켰겠네.'

도종환은 답답함에 목을 꺾으며 하늘을 올려 보았다.

청신에 있는 사람 중 작전에 관해서 아는 사람은 오직 도종환과 작전을 돕기 위해 잠입한 소수의 암부 단원들뿐이었다.

'어둠을 유지했어야 하는데.'

도종환은 이번 일을 1번 대와 외인부대의 반란으로 만들 생각이었다.

어둠 속에서는 그 누구도 적이 시체라는 것을 쉽게 알아차리지 못할 것이었고, 나중에는 누가 적이었고 누가 아군이었는지도 모른 채 사건이 마무리될 것이었다.

그렇기에 달조차 없는 구름이 낀 밤에 일을 진행했으며 횃불이 작은 바람에도 쉽게 꺼질 수 있도록 조작했고 강한 바람이 이를 도와주었다.

그런데 이서하가 빛을 밝혔다.

'이제 알아챘겠지.'

어둠 속에서는 치명상을 입고도 움직이는 시체를 구분하기 힘들지만 저 정도의 빛이라면 모두 눈치를 챘을 것이 분명했다.

하지만 최악은 아니다.

'이 정도 변수는 이미 예상했다.'

어떻게 알았는지는 모르지만 이서하는 이번 작전에 대해 어느 정도 알고 있는 눈치였다.

갑자기 피난 훈련을 진행한 것도 그렇고 박동준을 비롯해 자신이 가장 믿을 수 있는 친구들을 성문에 배치했으니 말이다.

은월단에서는 이를 미래시(未來視)라고 불렀다.

'미래시(未來視)라, 허황된 이야기라고 생각했지만.'

어느 정도는 인정할 수밖에 없다.

그러나 그런 이서하도 샨다의 능력에 대해서는 모르는 것이 분명했다.

만약 샨다가 죽은 자들을 일으켜 세운다는 것을 알았다면 적어도 모두가 딱 달라붙어 서로를 감시했을 것이다.

언제 누가 죽어 적이 될지 모르니 말이다.

'나쁘지 않아.'

세세한 부분은 많이 틀어졌지만 어차피 큰 그림은 같다. 반란이 일어나고 그것을 2번부터 4번 대로 이어지는 이건하의 부대가 처리한다.

도종환은 그 수장 격으로 훗날 실질적인 청신의 수비대장이 될 예정이었다.

'그럼 슬슬…….'

도종환은 표정을 싹 바꾸었다.

무표정하게 상황을 살피던 그는 어느새 고향을 공격당해 분노에 찬 대대장이 되어 있었다.

"빚이다. 이제 우리가 나설 차례다. 운이 좋게도 피난 훈련이 겹쳐 우리의 부모, 형제, 자녀들은 무사하나 우리가 이들을 지키지 않는다면 청신산가의 벽도 무너지고 말 것이다."

도종환은 떨리는 목소리로 주먹을 쥐었다.

그가 주동자인지 모르는 부하들은 도종환의 연기에 감명을 받은 듯 격렬하게 고개를 끄덕였다.

도종환은 분노를 토해 내듯 외쳤다.

"반란군을 용서하지 마라! 우리가 청신의 수호자다!"

"우오오오오오!"

"공격!"

2번 대는 우측으로, 3번 대는 좌측 길로 이동했으며 도종환의 4번 대는 북문을 향해 일직선으로 달렸다.

청신의 무사들이 달려 나가고 도종환은 희미하게 미소를 지었다.

그는 한 가지 가장 중요한 정보를 부대에게 전달하지 않았다.

바로 죽은 자들이 적이 된다는 것을 말이다.

'처절하게 싸워라.'

적당히 싸우다 물러나기로 약속되어 있기에 몇 명이 죽든 어차피 승패는 정해져 있었다.

그러니 몇 명이 죽어도 상관없다.

아니, 처절하면 처절할수록 좋다.

처절할수록 살아남아 청신을 지킨 이들이 더욱 큰 영웅으로 칭송받을 테니 말이다.

도종환은 혼자 숨을 죽이며 웃다가 외쳤다.

"청신을 지켜라!"

"우오오오오!"

무사들의 각오 어린 외침이 너무나도 웃겨 참을 수가 없는 도종환이었다.

모든 것이 이해가 갔다.

왜 이 동란에 비밀이 그렇게 많았는지.

아무리 할아버지가 없었다 하더라도 그 강대했던 청신이 왜 그렇게 큰 피해를 입었었는지.

왜 기록에 누가 적이고, 누가 아군인지를 파악할 수 없었다고 적혀 있었는지.

그 모든 것이 이해되었다.

'샨다였구나.'

나찰과의 전쟁을 벌일 시절에도 샨다는 공포의 대상이었다.

그녀는 시체를 일으켜 세워 싸웠다.

조금 전까지 등을 맞대고 있던 전우가 적이 되고 또 그들에게 죽은 자들이 다시 일어난다.

'나찰 전쟁 전까지는 그 어디에도 기록이 없었는데.'

이제 와 보니 샨다에 관한 기록이 없던 것이 아니다.

누군가가 의도적으로 그녀에 관한 기록을 적지 않은 것뿐이었다.

'기록은 살아남은 자가 했을 것이다.'

아마도 이건하 측 사람이었겠지.

'그나저나 북문의 상황은 도대체…….'

반란군 측이 북문을 열기 위해 수를 쓰리라는 것은 예상하고 있었다.

그렇기에 만반의 준비를 위해 상혁이와 아린이까지 배치해 두었다.

그런데도 문이 열렸다는 것은 두 사람에게 무슨 일이 생겼다는 것일까?

박동준까지 있는 상황에서 세 사람을 이길 수 있는 존재가 있는가?

'아무리 나찰이라도 세 사람을 뚫어 내는 건 쉽지 않았을 텐데.'

직접 가서 눈으로 확인해야만 한다.

누가 죽고, 누가 살았는지를 알아야 하니까.

다행히도 1번 대는 금방 정신을 차리고 나의 지휘를 따라 주었다.

어둠 속에서 당황한 것도 잠시, 대부분 오랫동안 청신에서 수련했으며 또 실전 경험도 많아 판단이 빠르다.

무엇보다 김용호는 뛰어난 실력을 보여 주고 있었다.

과거에도 나찰을 상대로 전공을 세웠던 인물인 만큼 재능은 확실한 듯 보였다.

'이준하도 적응하고 있어.'

완전히 얼어 있던 이준하도 나름 잘 움직여 주고 있었다. 위태위태했으나 바로 옆에 김용호가 붙어 도와주고 있었으니 그리 걱정할 필요는 없다.

'그나저나…….'

자신 있게 돌파하자고 말했으나 사방에서 적이 더 쏟아져 나오는 것이 느껴졌다.

'적이 늘어나는 속도가 죽이는 속도보다 빠르다.'

샨다의 무서움이 바로 이것이었다.

어느 순간을 기점으로 시체가 늘어나는 속도가 기하급수적으로 증가하게 된다. 그렇게 되면 일반적인 전투로는 절대로 샨다를 이길 수 없다.

이 상황을 뒤바꿀 유일한 방법은 한 가지.

바로 샨다를 죽이는 것이다.

'샨다는 본체가 약점이다.'

샨다 또한 나찰이기에 쉽게 볼 상대는 아니지만 너무나도 강한 요술을 타고났기에 역설적으로 자체적인 무력은 그리 강한 편이 아니었다.

요술만으로도 웬만한 적은 전부 압살할 수 있었을 테니 말이다.

'이 근처에 있을 거다.'

시체들을 되살리고 조종하기 위해서는 능력의 주인인 샨다 또한 근처에 있어야만 한다.

그 샨다를 찾아 죽일 수만 있다면 이 참극을 멈출 수 있을 것이다.

생각을 마친 나는 바로 육감을 사용해 주변의 움직임을 살폈다.

'망할. 움직이는 게 너무 많아.'

육감은 고요한 물에 이물질이 움직이는 것을 감지하는 것과 같은 원리로 주변을 탐지하는 기술이다.

소수의 적을 찾아내는 데는 더할 나위 없이 좋은 능력이지만 수많은 무사가 엉켜 싸우는 전장에서는 그 효과가 제대로 발휘될 수 없다.

하지만 방법이 없는 것은 아니다.

'샨다는 나찰. 음기로 이루어진 존재.'

기가 없는 시체들, 음기와 양기가 조화를 이루는 인간들과는 완전히 다른 형질을 가지고 있을 것이었다.

난 심호흡과 동시에 말했다.

"주지율. 육감으로 샨다를 찾을 거다. 아무도 날 못 건드리게 좀 막아 주겠어?"

"물론이지."

"김용호! 너도 부탁한다."

"목숨을 걸겠습니다."

그러자 부르지도 않은 이준하까지 내 옆으로 와서 섰다.

이준하는 몰라도 지율이와 김용호라면 어느 정도 버텨 줄 것이다.

"그럼 시작한다."

일단 차례대로 기가 없는 시체들은 제외한다.

또한, 양기와 음기를 동시에 가지고 있는 것도 전부 제거한다.

물론 쉽지는 않지만 내 모든 신경을 육감에 집중한다면 불가능한 일도 아니었다.

그렇게 주변의 모든 인간과 시체들을 제거하자 단 두 개의

기가 움직이는 것이 느껴졌다.

북문에서 격렬하게 움직이는 음기와 그것을 성벽 위에서 여유롭게 내려다보는 얌전한 음기.

전자는 아린이고 후자가 샨다다.

"여유롭네. 샨다."

찾는 것까지는 좋다.

하지만 눈을 뜬 내 앞은 시체들로 가득했다.

"얼마나 지났지?"

"일각 정도 지났다."

"오래도 집중하고 있었네. 쯧."

생각보다 오래 걸린 탓에 완전히 포위되었다.

이 정도 숫자를 상대하며 어떻게 샨다가 있는 곳까지 간다고 하더라도 그녀는 도망치고 말 것이다.

그러니 저리도 여유로운 것이다.

그 누구도 자신을 기습적으로 공격할 수 없으니 말이다.

'항상 저랬지.'

언제나 안전한 곳에서 시체를 되살리며 싸우고 위험해질 거 같으면 바로 도망쳤다.

샨다를 죽이기 위해서는 그녀가 알아차리기 전에 접근해 공격하는 수밖에 없다.

'나 혼자라면 어떻게든 되겠지만…….'

그럼 이 무사들은, 지율이와 김용호, 그리고 이준하까지 전부 죽고 말 것이다.

선택해야 한다.

주변 무사들을 지키며 싸울지 아니면 청신의 다른 어딘가에서 싸우고 있을 무사들을 위해 샨다를 노릴지.

'나는…….'

빠르게 선택해야만 한다.

지금, 이 시간에도 무사들은 죽어 샨다의 종이 되고 있었으니까.

"지율아. 너 이 무사들 이끌고 살아남을 수 있겠냐?"

"명령이야?"

"응, 명령이야."

"그럼 살아남아야지. 걱정하지 말고 넌 할 거 해라."

"그래."

가장 현실적인 이상을 그린다.

그게 내가 설계한 회귀 뒤의 인생이었다.

그러니 이번에는 내 친구들을 포기한다.

대의를 위해서.

그렇게 앞으로 걸어 나갈 때였다.

펑! 하는 소리와 함께 뒤쪽에서 거대한 폭음이 들려왔다.

거대한 기의 폭발.

마치 할아버지가 돌아온 것만 같은 그런 기운이었다.

그리고 그 순간.

한 노인이 내 앞에 나타났다.

"당신들은……."

청신에 온 첫날 외인부대와 시비가 붙었던 바로 그 노인이었다.

도공(陶工) 최씨.

당시에는 아무 기운도 느끼지 못했었다.

하지만 지금 눈앞에 뒷짐을 지고 서 있는 노인은 마치 초절정 이상의 기운을 가지고 있었다.

"무사하셔서 다행입니다. 도련님."

"뒤에……!"

사방에서 시체 무사들이 달려들었고 최씨는 미소와 함께 한 발을 땅에 내리찍었다.

펑! 하고 기가 폭발하며 시체 무사들이 사방으로 날아간다.

발을 구른 것만으로도 수십을 날려 버릴 정도의 고수.

그런 고수가 있다는 것은 들어 본 적도 없다.

"당신은 도대체……."

도대체 누구인가?

〈10권에 계속〉

북두
2021년 3월 10일
1, 2권 동시출간 예정!
※출판 일정에 따라 출간일은 변경될 수 있습니다.
무림에 떨어진
청루연 신무협 장편소설
현대인
빽소니로 요절했던 죽음의 기억이 강렬한데,
'……내가 조휘?'
다 쓰러져 가는 조가철방의 차남이 되었다.
날아가는 새를 떨어뜨릴 권세도,
의지를 관철시킬 무력도 없다.
일가족을 몰살시킬 어마어마한 빚만 있을 뿐.
허나 그 누구도 경험하지 못했을
비장의 한 수가 남아 있으니.
"아버지, 조가철방을 물려주십시오."
문명의 이기를 총동원한 현대인의
중원무림 성공기가 지금 시작된다.
2 무림에 떨어진 현대인
1 무림에 떨어진 현대인